書下ろし

喧《けん》嘩《か》屋《や》

取次屋栄三《えいざ》⑯

岡本さとる

祥伝社文庫

目次

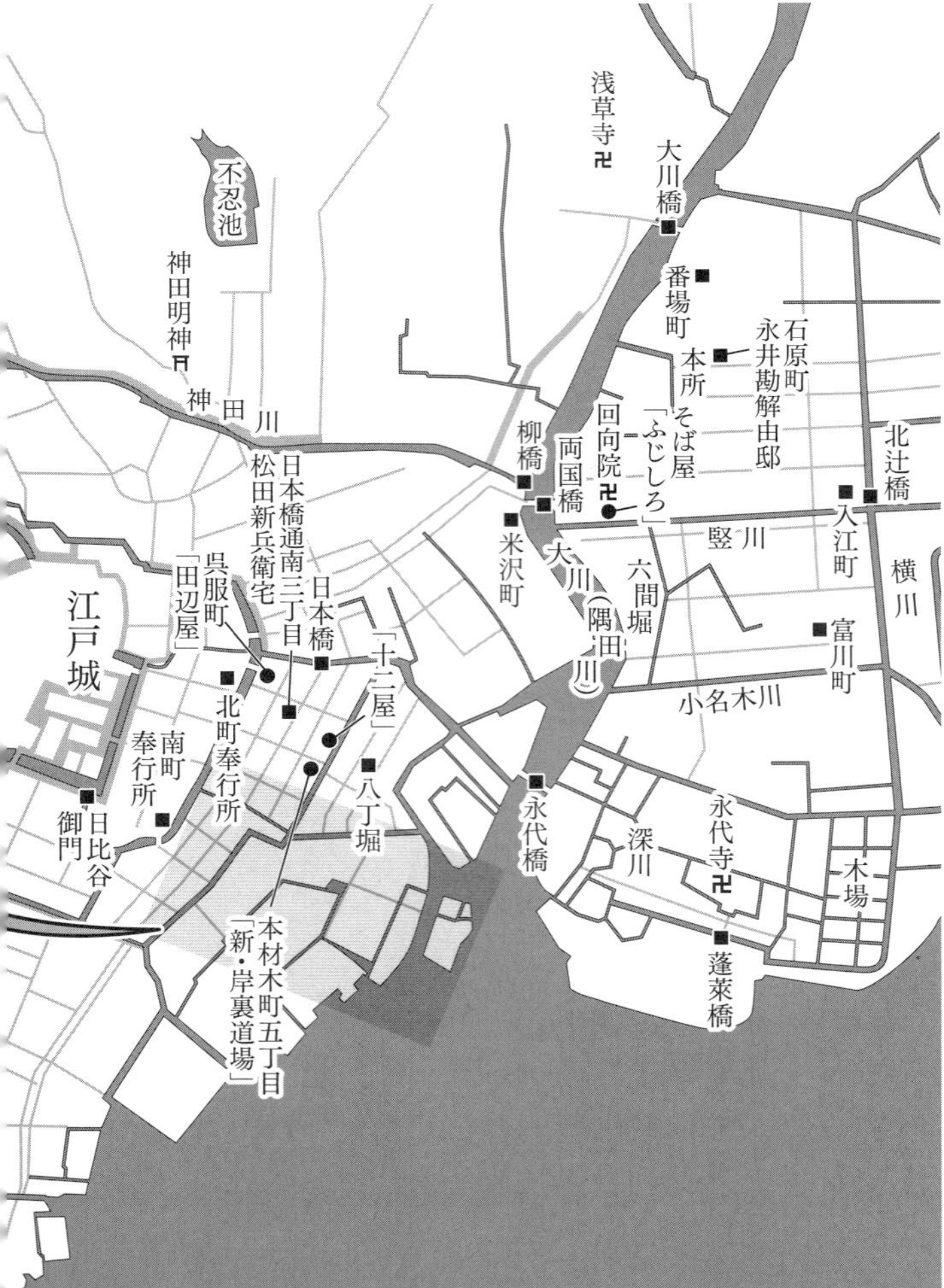
浅草寺
大川橋
不忍池
神田明神
番場町
石原町
永井勘解由邸
本所
そば屋「ふじしろ」
回向院
両国橋
柳橋
米沢町
北辻橋
入江町
竪川
横川
六間堀
大川（隅田川）
富川町
小名木川
神田川
松田新兵衛宅
日本橋通南三丁目
日本橋
呉服町「田辺屋」
江戸城
「十二屋」
北町奉行所
南町奉行所
八丁堀
日比谷御門
永代橋
深川
永代寺
木場
蓬莱橋
本材木町五丁目「新・岸裏道場」

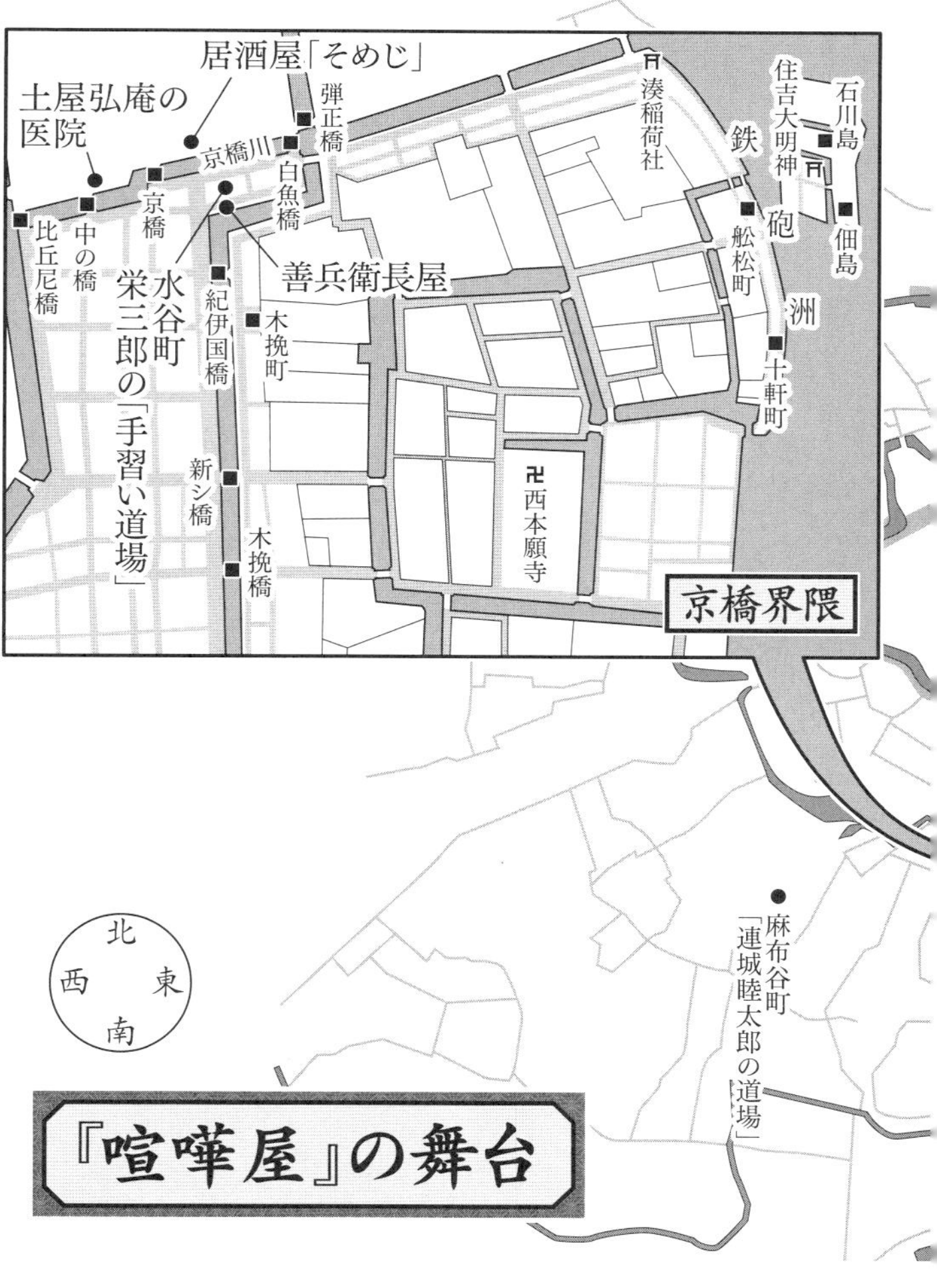

居酒屋「そめじ」
土屋弘庵の医院
京橋川
弾正橋
白魚橋
京橋
中の橋
比丘尼橋
水谷町
栄三郎の「手習い道場」
善兵衛長屋
紀伊国橋
木挽町
新シ橋
木挽橋
湊稲荷社
住吉大明神
石川島
佃島
鉄砲洲
船松町
十軒町
西本願寺
京橋界隈
北
西
東
南
麻布谷町
「連城睦太郎の道場」

『喧嘩屋』の舞台

地図作成／三潮社

第一章　喧嘩屋《けんかや》

一

　久し振りに、生まれ故郷である大坂《おおざか》に戻った秋月栄三郎《あきづきえいざぶろう》は、住吉大社鳥居《すみよしたいしやとりい》前で野鍛冶《のかじ》を営《いとな》む父・正兵衛《しようべえ》の許《もと》で文化《ぶんか》六年（一八〇九）を迎え、十日戎《とおかえびす》参詣《さんけい》の後、供の又平《またへい》と江戸へ戻った。

　母・おせい、兄・正一郎《しよういちろう》、その女房・お松《まつ》、息子の正之助《しようのすけ》……、名残《なごり》は尽《つ》きなかったが、東海道《とうかいどう》を下り始めると、江戸が恋しくなって先が急がれた。

　大坂には十五の歳《とし》までいたが、江戸で暮らす日々の方が長くなり、

「今じゃあ、長く江戸を留守《るす》にするとどうも落ち着かねえ」

　栄三郎は、道中こんな言葉を、何度も又平に投げかけたものだ。

「江戸と上方《かみがた》、いずれの好《よ》さも知っていなさるなんて、旦那《だんな》は幸せ者ですよう」

にこやかに応《こた》える又平の足も、江戸へ向かって軽快に進む。

そうして帰りも遊山《ゆさん》はほどほどに、好い調子で大井川《おおいがわ》を渡り、箱根《はこね》を越えた二人であったが、

「ちょいと平塚《ひらつか》で道草をしてえんだが……」

小田原《おだわら》に入った辺《あた》りで、栄三郎が少し思い入れをして又平に告げた。

「へい、そりゃあ幾日《いくにち》でもお供をいたしやすが……」

行きは何も言わずに素通りしただけに、又平は小首を傾《かし》げた。

「いや、それがふっと思い出したことがあってな……」

そもそもこの度《たび》の大坂行きは、栄三郎の父・正兵衛が、大坂にいた頃の剣の師・山《やま》崎島之助《ざきしまのすけ》の具合がどうもよくないのだと文《ふみ》を送ってきたのがきっかけであった。

その実、島之助に異状はなく、正兵衛は栄三郎の恩人・鈴木風来軒《すずきふうらいけん》が死んだので、一度帰ってくるよう促《うなが》すために文を送ったのであるが、勢いよく旅に出た栄三郎は、しばらくは無心に先を急いだ。

しかし、大坂に着いて一息つくと、ある約束が思い出された。

「東蔵《とうぞう》という男がいてな……」

栄三郎が道中語るには――。

今から七年くらい前のこと。

諸国行脚《あんぎゃ》に出た気楽流剣術の師・岸裏伝兵衛《きしうらでんべえ》と別れて秋月栄三郎は、住処《すみか》を転々としつつ、賭場《どば》の用心棒などをしながら無為な暮らしを送っていた。

その頃に、同じ用心棒稼業《かぎょう》をしていた〝喧嘩屋《けんかや》東蔵〟という男と知り合い、一時彼のねぐらに居候《いそうろう》していたことがあった。

東蔵は武士ではなく、相撲くずれの遊び人で、かつては大坂にいたこともあり、栄三郎とは人や物の好き嫌いが似ていて気が合ったのだ。

〝喧嘩屋〟の異名《いみょう》をとるくらいであるから、東蔵はとにかく喧嘩が強かった。

六尺《しゃく》（約一八〇センチ）近い上背《うわぜい》に、筋骨隆々《きんこつりゅうりゅう》たるぶ厚い体。その上に動きが敏捷《びんしょう》であるから、その辺の浪人者よりも余ほど恐れられていた。

賭場で揉《も》めごとを起こす奴《やつ》がいたら、そ奴を完膚《かんぷ》無きまで叩《たた》きのめす東蔵。それをおかしみたっぷりに宥《なだ》め、事を穏便《おんびん》に収めてしまう栄三郎。二人は好《い》い相棒であったといえよう。

東蔵が、賭場の用心棒になったのには、複雑な事情があった。

〝相撲くずれ〟のやくざ者は、世の中には掃《は》いて捨てるほどいるが、東蔵は大蔵長《おおくらちょう》八《はち》という名で、大坂ではなかなかに鳴らした相撲取りであったそうな。

大蔵を一躍《いちやく》有名にしたのは、大坂で人気の大関・梅の山《うめやま》を豪快な投げで破った一番であった。

ところが皮肉にも、この勝利が大蔵長八に不幸をもたらすことになる。

梅の山が、件《くだん》の一番で怪我《けが》をして、引退に追い込まれたのだ。

人気があっただけに、大蔵へ怨嗟《えんさ》の声があがった。

「大蔵は、寄り切って梅の山の足が土俵を割っているのを知りながら、そこから投げをうったそうな」

そんな話が真《まこと》しやかに人々の口に上るようになった。

梅の山ほどの相撲取りが大きな怪我をしたのだ。大蔵が汚い真似《まね》をしたのに違いない――。

梅の山の贔屓《ひいき》達は、そう思うことでうさを晴らしたのだが、大蔵にしてみれば堪《たま》ったものではない。

それ以降は敵役《かたきやく》にされ、大蔵長八が土俵に叩きつけられる姿を見て見物客が熱狂するようになった。

興行主も、客の心を煽《あお》ってやろうと、大蔵長八を大敵に仕立てようとし始めた。

自《おの》ずと大蔵と当たる相撲取り達は、これに勝てば名が上がるとばかりに、むきになってかかってきた。

悲しいかな、大蔵はそんな相手を次々に倒せるほど強くなかった。

本来、大敵というものは強くなくてはならない。

憎らしいほど強いのが時に敗れるから、客は楽しめるのである。

勝ったり負けたりの星の並びでは、

「梅の山に勝ったのは、ただの運か……」

などと言われるようになり、次第に見向きもされなくなった。

大関から勝利をあげ、これから少しずつでも番附の位を上げていこうと希望に燃えていたというのに、理由《わけ》がわからないままに人気が落ちていく――。

若き日の東蔵は悩んだ。

しかし応えは見つからない。

血の気の多い頃である。悩みは怒りに変わり、町でからかわれたりすると、派手に喧嘩をするようになった。

元々が、理不尽なことには体を張って向かっていくのが東蔵の信条であったので、それによって世間が狭《せま》くなったとて本人に悔《く》いはなかった。

そのうちに、

——相撲場は大坂だけではない。

と思い立ち、東蔵は伝手《つて》を頼って江戸へ出た。

この頃は、相撲取りをお抱えにする大名諸侯が増えていて、相撲もその屋敷がある江戸に勢いが移っていた。

ここで一からやり直そうと思ったのだ。

江戸へ出てみると、ずらりと名を連《つら》ねる人気力士の中で、随分《ずいぶん》と霞《かす》んでしまった感があったが、一本気で直情径行《ちょくじょうけいこう》な気性も江戸では受けがよく、先に望みが持てた。

しかし、さあこれからという時に、贔屓の宴席に出る道中、破落戸《ならずもの》同士の喧嘩に遭遇してしまった。

打ち捨てておいてもよかったのだろうが、素通りしては大蔵長八の男が立たないと思った。

後でまた、悪い噂《うわさ》を立てられるのではないかと、大坂の頃の思い出が頭を過《よぎ》ったのだ。

それで東蔵は、

「お止《や》めなせえ……」

と、止めに入ったのだが、逆上した一人に棒で殴《なぐ》られ、つい頭にきてそ奴に張り手を見舞《みま》ったところ、これが勢いよく飛んで壁《かべ》にぶつかり、伸びてしまった。

だが、その伸びた男は、これから宴席に向かう贔屓の許に出入りしている鳶頭《とびがしら》で、東蔵は男をあげるどころか不興《ふきょう》を買ってしまった。

それでも東蔵に非はなかった。東蔵が割って入ったことで喧嘩は収まったし、鳶頭は打撲で二、三日外出《そとで》もままならぬ痛手を負ったが、東蔵の意見を無視したどころか、棒で殴りつけたのだ。身から出た錆《さび》だといえよう。

ところが、相撲部屋の親方は、贔屓の顔色を窺《うかが》って、東蔵に鳶頭へ詫《わ》びを入れるようにと言いつけた。

東蔵はこれを撥《は》ねつけた。

鳶頭と一杯やって手打ちをしてくれと言うならともかく、何ゆえ自分の方から頭を下げねばならないのだ――。

「それはそうだが、ここは贔屓の顔を立ててだなあ」

親方は宥めようとしたが、

「贔屓というなら、この大蔵長八の顔も立ててくれたとてよさそうなもんでごんす
……」

ただ詫びろというのは筋違《すじちが》いだと言い張ったのだ。

贔屓の方は、

「なるほど、おもしろい奴だ」

と、納得してくれたようなのだが、今度は親方との確執《かくしつ》を生じた。

「お前こそ、おれの言うことを聞かれねえというなら、もう二度と相撲は取れねえと思いやがれ！」

ついにはそんな喧嘩になったのだ。

売り言葉に買い言葉で、東蔵は親方と袂《たもと》を分かつことになってしまった。

「それからは、相撲を取るどころではなくなっちまって……。気が付けば盛り場で用心棒になっていたってわけで」

その時の話をした東蔵はつくづくと自分の馬鹿さ加減を笑ったものだが、どうせ相撲などいつまでも取れるわけでもないし、上には上がいるのだから、

「まあ、潮時《しおどき》だったってことでさあ。思うように生きたんだ。悔《く》やんでなんかいませんや」

と、その表情は明るかった。

もっとも、東蔵は相撲を取っていた頃の話を滅多に他人にはしないから、気の合う

栄三郎に話すことで、自分に言い聞かせていたのかもしれなかった。

ちょうど栄三郎も、身は野鍛治の倅《せがれ》であるが、剣術を修め、剣客《けんかく》として生きていこうとしたものの、武士に幻滅をしてその　志《こころざし》　を捨ててしまっていた頃であった。

ゆえに東蔵の話には深く共鳴したし、東蔵が住んでいた柳橋《やなぎばし》の居酒屋の二階座敷での居候暮らしもなかなか心地がよかった。

とはいえ、いくら気が合っても長く共に暮らせば気詰《きづ》まりになるのは見えている。

東蔵はいつまでいてもいいと言ってくれたが、栄三郎はすぐに住処を見つけて移り住み、やがて京橋水谷町《きようばしみずたにちよう》で手習い師匠を務《つと》める宮川九郎兵衛《みやがわくろべえ》と知り合い、子息の仕官に伴って江戸を離れる九郎兵衛の後任となってここに住まいを構《かま》えることになった。

そうして盛り場の用心棒から足を洗った栄三郎は、それから間もなくして、近況を報《しら》せておこうと東蔵を訪《たず》ねた。

すると東蔵は、栄三郎の来訪を大いに喜んで、

「ちょうど栄三《えいざ》の旦那に会いてえと思っていたところだったんだ。実は、この稼業から足を洗って、江戸を離れることにしたんで……」

まずそう切り出したのだ。

「そいつは何よりだ。で、行くところは決まっているのかい」

「ああ、相州《そう》の平塚さ」

「平塚……」

「ちょいと伝手を頼ってね」

東蔵は少し恥ずかしそうであった。

色々と理由もあるのだろうと、栄三郎は深くは問わなかった。

自分自身も、子供達相手に手習い師匠を始めたのだとは、照れくさくて言い辛《づら》く、

「実はおれも、用心棒暮らしから足を洗って、もう少しまともなことをしようかと思っていてねえ……」

と、言葉を濁《にご》した。

東蔵もまた、深くは問わず、

「栄三の旦那なら何だってできるさ。そうかい、そんなら二人共振出しってところだねえ。どうだい。五年後にまた会うってえのは……」

「なるほど、そいつはおもしれえや。で、互いの今を言い合うのかい」

「そんなところさ。どちらもやくざな暮らしから足を洗って、立派に暮らしていれば、うめえ酒を酌《く》み交《か》わす」

「一方がうまくいってなければ、一方が励《はげ》まし、助ける……」

「そいつはいいねえ。互いがうまくいってなきゃあ……」

「そん時は会うこともなかろうよ」

「ははは、まったくだ」

「五年たったら、この栄三が平塚に訪ねるとしよう。まあ、覚えていたらの話だが」

「旦那、そりゃあねえぜ」

こんな言葉を交わしながら、二人は大いに盛り上がったものだ。

共に用心棒として過ごしたとはいえ、ほんの一時であったし、五年の後に会おうなどとは、その場の洒落《しやれ》のようなものであった。

だが、相撲くずれと剣客くずれが、同じ頃に新たな道へ進もうというのだ。

何か胸躍《おど》るひと時を共有したのは確かであった。

その日は馬鹿話に興じて別れたが、それから〝喧嘩屋〟の名で恐れられた東蔵の姿が、柳原界隈《やなぎはらかいわい》から消えた。

やはり平塚へ旅立ったのだと感慨を覚えつつ、栄三郎自身、手習い師匠を務めながら、町のもの好き相手に剣術を教える〝手習い道場〟での暮らしに手応えを覚え、今日まで過ごしてきたのである。

話を聞いて又平は、

「そんなことがあったのですねえ。へへへ、五年たったら会おうなんて、あっしならきれいに忘れておりやすよ」

さすがは人への思いが細《こま》やかな栄三郎であると感じ入った。

「数えてみればちょうど五年だ。旅の空でその年を迎えるのも、何かの因縁だと思ってな」

栄三郎は小さく笑った。

「ちょうど好い折じゃあねえですか。わざわざ江戸からそのためだけに会いに行って、その東蔵って人がいなけりゃあ甲斐《かい》もねえってもんだ」

「会ったはいいが、相手の方が五年前の約束を忘れていたら大笑いだな」

「忘れちゃあいねえでしょう。やくざな暮らしから足を洗うと旦那に伝えなすったんだ。きっと覚えていますよ」

「そうだろうかねえ……」

話すうちに気持ちが昂《たかぶ》ってきて、栄三郎の足も速まった。

そうして、平塚の宿に着いたのは、大坂を出て十二日目のことであった。

二

「ああ、東蔵さんなら〝松風《まつかぜ》や〟さんにいますよ。旦那様は昔馴染《なじみ》のお方で……？左様《さよう》でございますか。力持ちで楽しくて、東蔵さんはほんに好い人でございますねえ……」

上方見附《みつけ》に入ったところで、栄三郎は早速《さつそく》問屋場《といやば》に詰《つ》める宿役人に東蔵について訊《たず》ねてみた。

「伝手を頼って……」

と言っていた先は、確か旅籠《はたご》屋のようであったから、問屋場辺りで訊《き》けば居処《いどころ》が知れると思ったのだが、宿役人はあっさりと応えてくれた。

江戸見附の手前に〝松風や〟という旅籠があり、東蔵はそこで男衆として奉公しながら、宿への呼び込みなどもしているという。

見附というのは、城門の外面の意味で、この場合は宿場の出入り口を指す。

上方寄りが上方見附。江戸寄りが江戸見附である。

東西の見附の間が平塚宿で、〝松風や〟は宿場の中でも東寄りにある旅籠であった。

今の宿役人の話では、東蔵は確かにこの平塚の宿にいて、その口振りから察するに、人からの評判もよく明るく暮らしているようだ。

「旦那、よろしゅうございましたねえ……」

又平は我がことのように喜んだ。

直情径行で、〝喧嘩屋〟の異名をとった元相撲取りが、今はどんな暮らしを送っているのか。それは又平にとっても興味深いものであった。

「地道に、楽しく暮らしているのなら何よりだな……」

栄三郎は、ほっと息を吐《は》きながらも、男衆で力仕事などこなしつつ、客を引いている東蔵の姿が想像出来なくて小首を傾げた。

「こいつは随分と人が変わっちまったかもしれねえぞ」

「そうかもしれねえが、とにかく、互《たげ》えにうまくいった……、てところじゃあねえですかい」

「そうだな。うめえ酒を酌み交わせそうだ」

ちょうど日が傾き始めていた。これから平塚を通行する旅人達は、急ぎ次の宿の大《おお》磯《いそ》、藤沢《ふじさわ》へ向かうか、平塚で宿を取るかを考えねばならない。

大磯から来て東の藤沢に向かう栄三郎達は既《すで》にわかっているのだが、江戸から西上する旅人は、平塚宿に入ると正面に高麗山《こまやま》がそそり立っているように見える。

それゆえ、この時分に西へ向かう旅人には、

「このまま通り過ぎてしまわれますと、あの山を越えねばなりませんから、大変でございますよ」

などと声をかけて、何とか平塚の宿に泊めようとする。

何度か東海道を行き来した栄三郎である。そこは心得ているから、下りは二つ江戸寄りの戸塚《とつか》まで足を延ばし、翌朝は早く発《た》ち煩《わずらわ》しくないように平塚を通り抜けたのだが、

「なるほど、東蔵は江戸から来る旅慣れねえ客を拾っているんだな」

栄三郎はそう読んで、〝松風や〟を見つけつつも、その手前の茶屋でまず休息をして、江戸見附の方を見ながらしばらく刻《とき》を潰《つぶ》した。

すると、やがて見附の向こうから、旅人の二人連れを案内して、〝松風や〟に向かう体格の好い男の姿が認められた。

洗いざらした半纏《はんてん》を着て、千草《ちぐさ》の股引《ももひき》をはいた、いかにも朴訥《ぼくとつ》そうな男衆は、果して東蔵であった。

旅人に話しかける表情にもまるで険《けん》がなく、軽々と両手に客の荷物を持ったその様

子に、昔の力自慢の名残が窺えるものの、

「変われば変わるもんだなあ……」

栄三郎は溜息《ためいき》交じりに独り言《ご》ちた。

「そんならあのお人が……」

又平も、話に聞いた印象とは違い、目をしばたたかせた。

「そうよ、あれが大坂相撲で名を馳《は》せて、〝喧嘩屋〟と呼ばれた男さ……」

「お客様をご案内いたしましたよ……！」

東蔵は〝松風や〟の内を覗《のぞ》くと、大きな声で報せた。

低い野太い声にも丸みが出ていた。

「又平、行こうか」

栄三郎は、又平を促して茶屋を出た。

旅籠の前まで行くと、東蔵は案内した客を女中に託《たく》し、

「さて、宿をお探しの人がまだいるでしょうから、もう一廻《まわ》りして参りましょう……」

そう言いながら表に出て来た。

「では早速、泊めてもらいましょうかねえ」

栄三郎はすかさずそれへ声をかけた。

「これはありがとうございます……」

東蔵は愛想《あいそ》よく応えたが、ニヤリと笑う栄三郎の顔をまじまじと見て、

「まさか、栄三の旦那ですかい」

「ふふふ、そのまさかだよ。兄《あに》さん、久し振りだなあ」

栄三郎はしみじみとして東蔵に大きく頷《うなず》いてみせた。

「ははは、やはり栄三の旦那だ。こいつは嬉《うれ》しいねえ」

大きな角張った顔から笑みがこぼれた。


栄三郎と又平は、東蔵によって、二階の客間に通された。

〝松風や〟の主人は光右衛門《みつえもん》という老人であった。東蔵がかつて用心棒を務めた料理屋の主《あるじ》が駿府《すんぷ》の出で、江戸と行き来する時はここを常宿にしていたことから、東蔵のことを頼まれ男衆として雇い入れたのだという。

東蔵の過去については大よそ報されていたが、若い頃は随分と利《き》かぬ気をみせたという光右衛門は、直情径行な男が好みで、

「おもしろそうな人ではありませんか」

と、まったく気にもせず迎えたのだが、

「腕っ節の強さで鳴らしたと聞いておりましたものの、これほどまでに穏《おだ》やかな人だとは思いませんでしたよ」

栄三郎が東蔵の知り人だと紹介された光右衛門は、挨拶《あいさつ》に来てこう告げると、人の好さそうな顔を綻《ほころ》ばせた。

「その上に、お武家様のようなお知り合いがいたとは、これはまた嬉しゅうございます」

光右衛門は、栄三郎の人となりを見て、随分と安堵《あんど》したようだ。

そして、今日はもう仕事を仕舞《しまい》にして、栄三郎の相手をするよう、東蔵に勧《すす》めてくれたのだが、

「いやいや、日が暮れるまであと少し間がある。今が稼《かせ》ぎ時のようだから、おれに構わず、勤めを果してくれたらいいさ。ちょっとの間、ここから仕事ぶりを見させてもらうよ。それが何より嬉しい。積もる話はその後で……」

栄三郎は東蔵にそう言って、後でゆっくりと酒を酌み交わすことにした。

「仕事ぶりを見られるのは恥ずかしいが、見てもらえりゃあ、東蔵の今が語らずともわかってもらえるってもんだ。だが、旦那はともかく、おれの方は五年たった今、酒

を酌み交わす値打ちがあるのかどうか……」

東蔵は、果して自分はうまくいっているのかとはにかんだが、

「何を言っているんだい。それはお互い様だよ。最前、問屋場で兄さんを訊ねたら、すぐにここにいると応えてくれた。その口振りでわかったよ。おれなんぞより余ほどうまくいっているってねえ……」

「そうかい」

東蔵は、それならもう一稼ぎしてくるから待っていてもらいたいと、再び客引きに出た。

栄三郎は旅装を解くと、通りが見渡せる窓を開けて、暮れゆく宿場の様子を眺めた。

東蔵は、宿場を通る旅人を呼び止めては、高麗山を指さして泊まっていくように勧める。

かつては、どちらかというと寡黙《かもく》で、栄三郎のような親しい者としか気易《きやす》く口を利かなかった東蔵であるが、今は見知らぬ者と話すのが、とにかく楽しそうに見える。

ただ商売で愛想をふりまいているのではなく、初めて行き合う者との触れ合いを大事にしているようだ。

もあるだろう。

旅籠の客引きなどしていると、邪険《じゃけん》にされたり、心ない言葉を投げかけられること

直情径行で、何かというと喧嘩沙汰《ざた》を起こしてきたという東蔵が、終始笑顔を崩さず、どこまでも下手に出ている姿には胸打つものがあった。

「足を洗ったどころか、心の内まで洗ったってところだなあ……」

ぽつりと言った栄三郎の傍《かたわ》らで、

「人は変われるもんなんですねえ」

又平が感心した。

「お前とおれもまだまだ変われるってもんだが、ここまで変わっちまうと、何やら狐《きつね》につままれたような……」

とりあえず五年前に交わした約束は果した。

後は、酒を酌み交わすだけであるが、人と人との絆《きずな》を繋《つな》ぐ取次屋の看板を、手習い師匠、剣術指南の傍らあげてきた栄三郎である。

この変わり様には、何か理由が隠されているのではないか――。

そんな詮索《せんさく》がもたげてくる。

――ふッ、こいつは、うまくいってねえのはおれの方かもしれねえな。

胸中、苦笑《にがわら》いを禁じえなかったが、気になるものは仕方がない。

ここへ来てから日々繰《く》り返されてきたのであろう東蔵の働きっぷりと、宿場の者達との触れ合いを、栄三郎は窓からじっと見つめた。

「東蔵さん、根こそぎ客を持っていかねえでおくれよ」

軽口を言う他の旅籠の客引き。

「小父《おじ》さん、調子はどう？」

「半纏が埃《ほこり》だらけよ」

「そろそろ月代《さかやき》を剃《そ》らなきゃあいけないわ」

顔を合わせる度に、東蔵に親しげな言葉をかける料理屋の若い女中。

「おう、景気はどうでえ。たまには問屋場へ遊びにきな」

すれ違いざまに、どすの利いた声で話しかけた処《ところ》の顔役風の男……。

東蔵は誰からも好かれているように見《つら》える。

そして、ただの一度もしかめ面を見せず、誰に対しても、

「勘弁《かんべん》してくんなよ」

「そうかい、そいつはすまねえな」

「ありがとうございます」

にこやかに応えるばかりであった。

三

すっかりと日も落ちると、東蔵は秋月栄三郎の客間へとやって来て、約束の宴《うたげ》が始まった。

栄三郎は、取次屋の話をするとややこしいので、

「手習い師匠をしながら、町のもの好きに剣術を教えて、ちょいとおだてられて好い気になって……、お蔭《かげ》で楽しい暮らしを送っているよ」

そのように近況を伝え、又平を手習い所の番人だと紹介した。

「どうぞお見知りおきを……」

又平は挨拶をすると、もっぱら給仕に回った。

「又さんと呼ばせてもらいますよ。よく来てくれたねえ……」

東蔵は又平にも笑顔を絶やさず、

「そうかい。栄三の旦那も、今じゃあ偉くなって……、ほんに嬉しゅうございますよ」

栄三郎に畏《かしこ》まってみせた。

「よしてくれよ。偉くなったってほどのもんじゃあねえんだよ。それよりも、窓からずっと兄さんの働きぶりを見させてもらったが、大したもんだ。ここまでまっとうな暮らしを送っているとは思わなかったよ」

「あの〝喧嘩屋〟がね……」

「はッ、はッ、ここの連中に五年前の兄さんの強さを見せてやりたいよ」

「ふふふ、勘弁しておくんなさい。ここじゃあただの力持ちの東蔵だ……」

「わかっているさ。昔の話は、ここの光右衛門殿しか知らないんだろ」

「ああ、それも今じゃあ、嘘《うそ》ではないのかと疑っていますよ」

「言ったところで、誰も信じはしないだろうねえ。それに余計なことを言ったら、どうでえ、たまには賭場に遊びにきな……、なんて誰かに誘われるかもしれない」

栄三郎は窓から見かけた、処の顔役らしき男の顔を思い浮かべながら言った。

「なんだ、それも見ていたんですかい」

「ああ、あの人はこの宿場の親分かい」

「そんなところですよ。人足達の束《たば》ねをしている、高浜《たかはま》の吉五郎《きちごろう》ってお人でね」

「用心棒になってやったらどうだい」

栄三郎はからかうように言うと、

「いやいや、こうして酒を酌み交わすことができて何よりだったよ……」

今度はしんみりとして言った。

「覚えていてくれて、わざわざ立ち寄ってくれたとは、旦那は相変わらず優しいお人だ……」

東蔵の声もしっとりとしてきた。

好い間で又平が酒を注《つ》いで、二人は盃《さかずき》を重ねる。

光右衛門は、この小宴のために鯉《こい》を出してくれた。細作りに鯉濃《こいこく》、これに白魚《しらうお》と豆腐《とうふ》を煮付けた一皿も添《そ》えられていた。

「五年前はどうなることかと思ったが、二人共、少しは人様の役に立つ暮らしができるようになったんだからこれほどのことはない。今日は好い日になったねえ……」

栄三郎は、心地好い酒にほんのりと顔を染《そ》めてあの日と同じように、気易い口を利いてくれと東蔵に言ったが、

「いやいや、旦那はお師匠と呼ばれる身だ。あの時と同じようにはいきませんよう。こういう口の利き方ができるようになったことがまた嬉しいんで……」

東蔵はそう言って、丁寧な口調を崩そうとしなかった。

栄三郎は、その想《おも》いをありがたく受け止めると、この度の大坂での出来事をおもしろおかしく話して、東蔵を大いに笑わせてから、

「おれは用心棒をしていた頃も、兄さんとは違って、揉めごとはのらりくらりとかわしていた。それでも未《いま》だに、何かというと腹を立てる。もう四十になるというのに恥ずかしい限りだ。そこへいくと、兄さんはすっかりと丸くなった。心持ちを穏やかにする極意というものを会得《えとく》したというなら教えてもらいたいものだな」

真顔で訊ねた。

今日、五年ぶりに再会してから、何よりも知りたかったことであった。

「栄三の旦那にとっちゃあ信じられねえかもしれねえが、あっしにしてみればどうということでもねえんですよ」

「どうということもない？」

「一口に言うと、怒り疲れてしまったんでさあ。へへへ、何かってえと、そいつはおかしい。それは間違ってる。筋が違う……。なんて怒ってばかりいましたからねえ」

「なるほど。だが、おれはそういう兄さんも好きだったがねえ」

「旦那みてえな人ばかりなら怒ることもなかったんですがねえ。怒るたびにしくじりを繰り返せば、しまいには怒る気も失《う》せてしまうってもんで……」

「そうかもしれぬな。おれはいい加減な男だから、嫌《いや》なことから目をそむけてしまう。だから怒る数も少なくて、身が持つんだな」

「旦那はいい加減じゃありませんよう。あっしの要領が悪いんで……。まあそこで、この平塚を吉所《きっしょ》に怒らねえ暮らしを送ってみたらどうなるか試《ため》してみたんです」

「どうだった……?」

「それが旦那、驚きましたねえ。怒るよりはるかに楽なんでさあ。こっちが怒らなきゃあ相手も怒らねえ。腹を立てなきゃあ、相手はすまねえことをしたと、かえってやさしくしてくれる」

「すると、こっちもますます怒らなくていいか。こいつは道理だな」

「それにねえ、大坂や江戸にいた頃より、人が声をかけてくれるようになりましたよ。頭に血が上る前に、あっちからもこっちからも、気にしなくていいよ、放っときゃあいいんだ……。なんてね。これじゃあ怒りようもねえ」

「兄さんと一緒にいる時、もっと声をかければよかったかな」

「いえ、旦那はよく声をかけてくださいましたよ。あっしは旦那を見て、怒らねえ暮らしをしてみようかと思い立ったんですからね」

「本当かい」

「へい。お蔭で今日はうまい酒を飲めました」

「そうかい。そいつは何よりも嬉しいよ」

二人は、にこやかに頷き合った。

「だがなあ、怒らなくなったのには、まだ他にも理由があるんじゃあねえのかい」

栄三郎は、少し探るような目を向けた。

あの〝喧嘩屋〟の東蔵が、驚くほど丸く穏やかになった。

確かに、東蔵にしかわからない心の動き、気持ちの変化はあったであろう。しかし、東蔵の内側ではなく、外側から彼の心を突《つつ》いた何かがあったのではないか――。

人好きの栄三郎は、そこに考えが及んでしまうのだ。

東蔵は静かに笑みを湛《たた》えている。

そこへ、若い娘の声がした。

「小父さん、あたしです！」

ほがらかで親しみのある物言いに、聞き覚えがあった。

「おまつ坊か、どうしたんだい」

東蔵が襖《ふすま》を開けると、そこには先ほど表で、東蔵の姿を見る度に、親しげに声をかけていた、斜め向かいの料理屋の女中がいた。名はおまつというらしい。

おまつは、栄三郎と又平に頭を下げると、

「小父さんにお客さんがおいでだと聞いて、旦那様がこれをお届けしろって……」

手にした大皿を見せた。皿の上には立派な鯛《たい》の塩焼きが載《の》っている。

「そうかい、そいつはありがたい。よろしく伝えておいておくれ。明日またお礼にあがるからよ」

東蔵は、さりげなく応えているが、おまつがかわいくて仕方がない様子は隠し切れなかった。

「おまつちゃんというのかい。わたしは秋月栄三郎という者だ。東蔵さんとは江戸で知り合ったんだが、随分と世話になってねえ」

栄三郎は東蔵を立てつつ、おまつに言葉をかけた。

「まつでございます……。いつも東蔵の小父さんにはお世話になっていて……」

栄三郎は、東蔵を訪ねるに当たって、身なりも武士らしく調《ととの》えてきたので、おまつは緊張を覚えたのであろうか。少ししどろもどろになって応えると、

「こんなお方とお知り合いだなんて、小父さんは立派な人だったんだねえ……」

東蔵に感心してみせ、再びぺこりと一同に頭を下げて弾むように出ていった。

「ありがとう……」

栄三郎はそれに再び声を送ると、東蔵を見てニヤリと笑った。

「今の娘が、その〝理由〟のひとつなんだろう」

「ははは、栄三の旦那には敵《かな》わねえや」

東蔵は苦笑いを浮かべた。

「へい。この平塚にきたのは、あのおまつがいるからなんですよ」

「ほう、何者なんだい」

「へい、昔馴染の娘でございましてね……」

「そうだったのかい」

「これがちょいと理由ありなんですが……」

昔馴染は相撲を取っていた頃の仲間で、岩松《いわまつ》といった。この男もまた酒と博奕《ばくち》でしくじって、早々と相撲を辞《や》め酒毒を患い呆気《あっけ》なく死んでしまったという。

その際、東蔵に自分には捨ててしまった女がいて、平塚で料理屋の女中をしていると打ち明けた。

女の名はおろく。別れてから気になって、人に頼んで調べてもらうと、おろくにはおまつという娘がいて二人で〝磯《いそ》や〟に奉公をしていると知れた。

おまつの父親は松五郎《まつごろう》という呉服の行商で、まだおまつがおろくの腹の中にいる時に、大坂から江戸に出て病に亡くなったと、おろくは人に言っていて、おまつもまたそう思っているらしい。

おまつは岩松の娘に違いなかった。生まれた時期といい、〝まつ〟という名前といい、それらはぴたりと符合した。

岩松の本名は松五郎であったのだ。

——さてどうしよう。岩松は悩んだが、そのうちにおろくは若くして死んでしまった。

そして彼もまた病に倒れ娘に何もしてやれなかったことを気に病んだまま死んでいった。

やくざな男であったが、どこか憎めず、相撲で食えない時は、随分と世話になったものだ。

「その娘はおれに任《まか》せておきな」

頭に血が上りやすいが、その分情に厚い東蔵であるから、岩松を看取《みと》った折、ためらいもなくそんな言葉が口をついていた。

ちょうど〝喧嘩屋〟の暮らしにも嫌けがさしていた頃であったから、これを機会に平塚で新しい暮らしを送ってみようか、今度は娘の面倒を見てやらねばならないのだ、怒らずにいよう――。

そう思い立って、平塚での伝手を求め、〝松風や〟の男衆となることを得た。

力仕事に客の呼び込み。やってみればなかなか性に合っていた。

ここなら穏やかに過ごしていけるのではないかという気になってきた。

しかも、おまつが暮らすという料理屋〝磯や〟は、旅籠の斜め向かいではないか。

挨拶がてらに〝磯や〟を訪ね、意を決して自分はおまつの父親である松五郎とは以前親しくしていた者だと伝えた。

おまつは、東蔵が亡き父の友達であったと知って喜んだ。

まだ母親の腹の中にいる時に、父親は死んだと思い込んでいるおまつが、東蔵には不憫《ふびん》に思えた。

料理屋の主は雛三《ひなぞう》といい、〝松風や〟の主・光右衛門と同じ年恰好《かっこう》の老人で、おろくとは遠縁に当たるらしいが、こちらも岩松のことはおろくから聞かされていなかった。

それゆえ、東蔵は松五郎というおまつの亡父は、人情味があり、真に好い男であったと作り話をして、

「おまつ坊は、おれにとっては恩人の娘だ。この先、困ったことがあったら何でも言

ってておくれ」

と、実を込めて、やさしい声をかけたのである。

この時、おまつはまだ十二歳で、〝磯や〟の雛三も、一人残されたおまつを不憫に思っていたから、東蔵の申し出をありがたく受けた。

それからは、死んだ岩松に誓った通り、東蔵は光右衛門の許しを得て、力仕事など〝磯や〟の手伝いなども時にこなし、あれこれおまつを助けた。

おまつは、東蔵を、

「小父さん」

と呼んで慕い、日々美しい娘へと成長していった。

東蔵は、その純真で無垢《むく》な姿に心を洗われ、おまつにとって〝好い小父さん〟であり続けられるよう努めた。

何事にも腹を立てず、穏やかに日々を過ごしたいという意志は、おまつという守らねばならない存在があったからこそ、貫くことが出来たのだ。

そして、そういう東蔵であればこそ、平塚の宿の者達は、すぐに東蔵に親しみの目を向けたのであった。

「栄三の旦那の仰《おつしや》る通りでさあ。あっしはこの平塚で生まれ変わろうと思ったが、そんなにすぐ性分というものは変わりはしない。腹が立って、怒ってしまいそうになったことも何度かありました。だが、おまつの顔を思い浮かべると、いつも胸の内がすっとしましてねえ。おまつは父親の顔も知らず、母親とも早く死に別れて、それでも弱音のひとつも吐かず健気《けなげ》に暮らしているというのに、それを助けようとするあっしが堪《こら》え性《しょう》がないとなれば、話になりませんから……」

東蔵は顔を上げて、力強く言った。

「よくわかった。うむ、それで合点がいったよ。性根を入れ替えるためには、時に手を合わせて心を鎮《しず》める御仏《みほとけ》が要《い》るってことだな」

「へい。それが、おまつだったたってわけでさあ。はッ、はッ、何やらお恥ずかしい限りですがねえ」

「恥ずかしいことなどあるものか。昔馴染の義理を忘れず、他人の娘を見守ってあげているんだ。兄さんは偉いよ」

「いえ、偉くなんかありませんや……」

東蔵は、照れくささが前に出たのか、少し歯切れが悪くなった。

「おまつ坊は器量好しだ。これからは、おかしな虫がつかぬように、目を光らせてやらねばな。親代わりも大変だな。東蔵の小父さん」

「よしてくだせえよう」

東蔵はまたはにかんでみせたが、おまつの話をするうちに、東蔵の表情に時折屈託《くったく》の色が浮かぶのが栄三郎には気になった。

冗談交じりに、おまつにおかしな虫がつかぬよう、目を光らせてやらねばならないと言ったものの、実際にそのようなことが起こっていて、東蔵は頭を痛めているのかもしれなかった。

――余計なことを言ってしまったかな。

栄三郎は、気を利かせてその後は、

「とにかく兄さん、松五郎という行商の呉服屋が、実は岩松という兄さんの昔馴染だった……。その話は口が裂《さ》けても言わないよ。よく話してくれたね」

それだけを伝えると、又平を加え、江戸の〝手習い道場〟で、この五年の間日々繰り広げられた騒動を、語って聞かせた。

東蔵と過ごした柳原での思い出話をしたかったが、あの頃の話をすると東蔵の武勇伝が必ず出てくるので、今さら東蔵の荒ぶる魂を呼び戻してもいけないと控《ひか》えたのである。

しかし、栄三郎と又平が語る騒動譚《たん》ほどおもしろいものはない。

「手習い師匠も、栄三の旦那にかかれば、おもしろいものになるんですねえ。あっしもそんな手習い所に通いたかった……」

東蔵は、すっかりとまた穏やかな表情に戻って腹を抱えたのであった。

どちらもやくざな暮らしから足を洗って、立派に暮らしていれば、うめえ酒を酌み交わそう――。

五年前に栄三郎と東蔵が交わした約束は、心地好い平塚の一夜となって果された。

しかし、この五年の間。東蔵が驚くほど穏やかな〝好い小父さん〟と変じたように、秋月栄三郎も、人への洞察が深くなり、お節介を楽しむ〝取次屋〟となっていた。

話せば話すほど、東蔵にあれこれ世話を焼いてみたくなる衝動に駆られるのであった。

四

せっかく平塚まで来たのである。もう少し東蔵の変わりようを眺めてみたいと、栄三郎は明日も〝松風や〟に逗留《とうりゅう》すると告げ、その夜の宴を終えた。

東蔵は、栄三郎との思わぬ再会に、少し興奮気味に、〝松風や〟の内で与えられた己《おの》が住まいに戻った。

五年前に、栄三郎とそんな約束をしたことは覚えている。

だが、ちょうど五年がたったこの月に、平塚で会えるとは考えも及ばなかった。

主の光右衛門も、栄三郎の客間に挨拶に出て少しだけ相伴《しょうばん》してから、

「お前さんに、あんなおもしろい昔馴染がいたとは思わなかったよ」

と、機嫌がよかったが、元来酒好きな光右衛門は、一杯飲んで調子が出たのか、

「ちょいと飲み足らないので少しだけつき合っておくれよ」

と、それからさらに東蔵を自室に誘った。

栄三郎が厠《かわや》に立ったのは、ちょうどその時で、

「ここの主殿も、なかなかいける口のようだ」

と、奥の光右衛門の部屋から聞こえくる、調子の好い声の響きにほくそ笑んだ。

先ほど東蔵と酒を酌み交わしていた折、光右衛門に話題が及ぶと、

「旦那は、昔のあっしよりも一本気なお人でしてね。何かってえと、あいつは気に入らない、こいつは筋が通らないと、怒ってばかりいなさる。人のふり見て何とやら……。これもあっしが怒らなくなった理由のひとつかもしれませんや」

と、言っていたのを思い出したのだ。

「おまつ坊が、鯛の塩焼きを持ってきたそうだが、あの吝《しわ》い雛三にしちゃあ珍しいじゃあないか。お前に客を引いてもらおうって魂胆なのか、おまつ坊の機嫌をとっておきたいのか、何を企《たくら》んでいるのかねえ……」

光右衛門は、どうも〝磯や〟の主・雛三のことが気に入らないようだ。

「まあ、そう言っちゃあ元も子もありませんや。〝磯や〟の旦那も気の好い人ですよ」

東蔵が宥めている。なるほど、これでは東蔵も自分が怒る間もなかろう。

栄三郎は、思わず廊下に立ち止まって耳を傾けていたが、頰笑《ほほえ》ましく聞こえてきた会話が、やがて真剣味を帯びてきて、

「そりゃあ確かに雛三は悪い奴ではない。遠縁といったって見ず知らずのおろくさんとおまつ坊を、雇って面倒を見てあげたくらいだからねえ」

「そうですよ」

「だが、あいつは昔から遊び好きで、どうも商《あきな》いが落ち着かない。若い時はあいつに何度も金を貸してやって、踏み倒されたもんだ。それがいくつになっても改まらずに、この前も、あの吉五郎から金を借りたとか」

「吉五郎親分から金を……？」

「そうらしい。あの吉五郎も男伊達《だて》を気取《きど》ってはいるが、所詮《しょせん》はやくざ者だ。おかしなことにならなければいいが」

「そいつは、まったくですねえ……」

「〝磯や〟といえば、この平塚では老舗《しにせ》の料理屋なんだから、しっかりとしてもらいたいものだ」

「へえ……」

応える東蔵の声も次第に低くなっていった。

光右衛門はその後も、宿場の者達をこき下ろしていたが、東蔵の声には明らかに張りがなくなっていた。

〝磯や〟はおまつが世話になっている料理屋であるから気にかかるのであろう。最前の栄三郎との席でもそうであった。

——それともおまつのことでもう何か気にかかる節があるのかもしれねえな。

栄三郎は、しばしその場に立ち竦《すく》んで思いを巡《めぐ》らせると、やがて客間に戻って、又平と遅くまで何やら語り合ったのである。


翌朝。

東蔵は早くから、庭の掃除《そうじ》、薪《まき》割り、水汲《く》みなど、せっせと旅籠内の雑用を済ませると、外へ出て、今度は旅籠の表を掃き清めた。

それが終る頃に、〝磯や〟からおまつが出て来て、

「あら、今朝も小父さんに遅れをとってしまったわ」

と、悔《くや》しそうに言うのに、

「どれ、手伝ってやろう」

東蔵はにこやかに応え、二人で掃除をする。それがいつもの朝のようだ。

今朝はゆっくり寝ると言っていた栄三郎であったが、窓を細めに開け、そっとこの様子を眺めていた。

かつては得意の張り手で、やくざ者四、五人をあっという間に叩き伏せた東蔵の、えも言われぬ穏やかで幸せそうな顔を栄三郎は初めて見た。

やがて、東蔵は朝餉《あさげ》の仕度をしに客間へとやって来たが、栄三郎はおまつとの掃除については一切《いっさい》触れずに、

「東蔵兄さん、今宵《こよい》また一杯つき合っておくれな。昨夜はつい自分の話ばかりしてしまって、兄さんの話を今ひとつ聞いていなかったような気がしてね」

「そうでしたかねえ。あっしの話も随分としたつもりでしたが」

「いや、この昔馴染の栄三だからこそ話せる……。そんなところを聞いてみたいんだよ」

「旦那だからこそ話せる……か。考えておきますよ」

東蔵はにこやかに応えたが、栄三郎はその笑顔の中に言い知れぬ切なさが潜《ひそ》んでいるような気がした。

「又平、おれはちょうど好い時分にやって来たのかもしれねえぞ」

東蔵が部屋を出ると、栄三郎は年来の相棒にぽつりと言った。

「縁があったってことでしょうねえ」

「〝喧嘩屋東蔵〟がこれじゃあ、どうも物足りねえや」

「そんなら昨夜話した手はず通り……」

「ああ、そうしてくれるかい」

「おやすいご用で」

栄三郎と又平は、それから平塚見物に出かけた。

東蔵はというと、客間の掃除から、布団《ふとん》の日干《ひぼ》しまで、しばらく旅籠の内の力仕事に刻を費《つい》やしていたが、

「栄三の旦那か……。すっかり頼もしいお人になったもんだ……」

その間、彼は何度かこんな言葉を呟《つぶや》いていた。

平塚に来てからというもの、自分でも驚くほど、穏やかな暮らしを送ることが出来た。


しかし、おまつが美しく成長していくにつれ、東蔵の胸の内に小さな動揺が生まれた。そしてそれが、怒らぬと誓いを立てた身に屈託を与えるようになっていた。

いつかまた、怒ってしまうかもしれない——。

東蔵は、そんな自分を恐れていた。

——どうもそこんところを栄三の旦那に見抜かれているような。

お前は本当に穏やかな男になったのか。己が気持ちを抑え込んで、穏やかさを保っているだけなのではないのか。それならせめて自分がここにいる間に、そういう屈託をぶつけてみたらどうだ。少しは気も楽になるだろう——。

栄三郎は、今朝自分にそう言いたかったのではないかと東蔵は思った。

五年もたてば心に垢《あか》も膿《うみ》もたまるであろう。それを出し切る療治も確かに必要かもしれない。

——いや、いけねえ、いけねえ。

屈託をぶつけるうちに忘れていた腹立ちが蘇《よみがえ》れば困ったことになる。

一旦《いったん》怒ると抑えが利かなくなって、人は自分を避《さ》けるようになるであろう。せっかく五年後に会おうという約束を果してくれた栄三郎には、このまま好い心地で江戸へ戻ってもらいたいものだ。

今宵の宴も、ただひたすらにこやかに相対して、あたりさわりのない話に終始しようと東蔵は心に誓った。

五年の間に、東蔵は自分に嘘をつく術《すべ》を覚えたのである。

その術がこの数年自分に安寧《あんねい》をもたらしてくれたのだから、迂闊《うかつ》に真情を掘りおこしてはなるまい。

ふと誰かの視線を覚えて、庭の生垣《いけがき》に目をやると、そこにはニヤリと笑っているおまつの顔があった。

「何だい、どうしたんだ」

澄まし顔で応えたが、こんな時のおまつが何を企んでいるかはわかっていた。何か力仕事があって手伝ってほしいのであろう。

「ちょっと、水甕《みずがめ》を動かしたいんだけど……」

案《あん》の定《じょう》そうである。

「へい、承知いたしましたよ」

近頃は大人の扱いをすると嬉しそうな顔をすることもわかっている。御仏は崇《あが》めねばならないのだ。

東蔵は、旅籠の女中に少し出かけると声をかけ、おまつと共に〝磯や〟へ向かった。

台所に入ると、料理人や女中が笑顔で迎える。何かあると駆け付けてくれる東蔵は、ここでも人気者だ。

おまつは、東蔵が亡父の友達であったというのが自慢で、すぐに呼びに来る。そのおとないが、東蔵の心をいつも和《なご》ませたのであるが、近頃はおまつがあの話をしてくるのではないかと気が気でない。

「こいつを台所の隅《すみ》に置きたいんだね……」

東蔵は、おまつの指示に従って、台所の模様替えを手伝った。水甕の位置を変えるくらい、何人かでかかれば事が足りるであろうに、おまつも、〝磯や〟の奉公人達も、東蔵の力自慢を見たいのである。

「よッ！」

それを心得ているから、東蔵は大きな水甕を抱きかかえるように軽々と持ち上げて運ぶ。華奢《きゃしゃ》なおまつがついて歩く姿が頬笑ましい。

十一の時にただ一人の肉親であった母を亡くし、健気に奉公を続けながら暮らしてきたおまつを不憫に思うのは、〝磯や〟の奉公人達も同じであった。それが、顔を見たこともない父・松五郎の友人であったという東蔵が来てから、彼を父のように慕うおまつを見ると、皆一様にほっとしたものだ。

何かにつけて東蔵に力仕事を手伝ってもらうのは、おまつが東蔵と触れ合うひと時を拵《こしら》えてやりたいからでもあった。

その間、おまつは東蔵に昔の話を訊ねた。

初めの頃は、松五郎がどんな人かを問うものであったが、やがて東蔵自身の話になった。

「小父さんは、お父《とっ》つぁんに世話になったって言ってたけど、若い頃はお相撲さんだったのでしょう」

「相撲はほんのちょっとかじっただけだよ。それで力が強いからって、担《かつ》ぎの呉服屋になったらどうだって、おまつ坊のお父つぁんが世話をしてくれたんだよ」

「呉服屋のわりには、小父さんはあまり着物に詳《くわ》しくはないわねえ」

「ははは、だから辞めちまって、こうしてここで水甕を運んでいるのさ」

こんな具合であった。

作り話をするのは気が引けたが、本当の話は、いつかおまつが子を持って、親の気持ちがわかるようになる時まで黙っていようと思った。

水甕を運び終えると、おまつは〝松風や〟まで東蔵を見送るのが決まり事である。

そこで聞きたくなかったあの話が、出た。

「小父さんは聞いているんでしょう。あたしの縁談の相手のことを」

「いや、そんな話があるとは聞いたが、それはほんの座興に出たことのようだと前にも言っただろう」

「でも、相手は本気だと……」

「誰がそんなことを？」

「うちの旦那様が」

「雛三の旦那が……？」

東蔵ははっとした。

「で、相手は誰だと？」

「人が間に入っての話なので、まだそこまでは聞いていないが、立派な物持ちだ、なんて」

「立派な物持ち……」

「歳があたしよりずっと上なのが玉に瑕《きず》だけど、やはり寄り添う相手は物持ちが何よりだと旦那様は仰《おお》せになるのよ。小父さんはどう思う？」

「そりゃあ……、相手のここ次第だよ」

東蔵は、ぽんと胸を叩いてみせた。

「どんなに物持ちでも、性根の腐《くさ》った男なら後々まで苦労をさせられるってもんだ」

「ええ、あたしもそう思うわ」

おまつは澄んだ目で東蔵を見て頷いた。

「相手の人が誰かわかったら、小父さんに好い人かどうか見極めてもらいたいわ」

「ああ、わかったよ。ははは、おまつ坊は器量好しだから、こんな話はこれから何度も出てくるよ。いちいち真《ま》に受けないことだ」

東蔵は笑ってごまかしたが、内心穏やかではなかった。

このところ、東蔵の胸を痛めていたのは、まさしくこのおまつに舞い込んだ縁談であったのだ。

「そんなら、ついでに雛三の旦那に会って、どこまで話が進んでいるのか、それとなく聞いておいてあげるよ。おまつ坊の縁談がおかしなことになれば、昔世話になった松五郎さんに申し訳が立たないからね……」

東蔵は、おまつを落ち着かせると、いても立ってもいられなくなって、踵《きびす》を返して雛三を訪ねたのである。

五

「旦那、まさかおまつ坊のあの話、進めるつもりじゃあないでしょうね」

〝磯や〟の奥の一間で、東蔵は声を潜めた。

「いや、わたしはその、進めようとは思っていないが、考えてみれば、そう悪い話ではないと……」

「何ですって。だからおまつ坊の耳に入れたんですかい！」

歯切れの悪い雛三の応えに、東蔵は思わず気色《けしき》ばんだ。日頃、怒ったことのない東蔵の恐ろしい形相《ぎょうそう》に、雛三は縮《ちぢ》み上がった。

東蔵は、これはいけないと、何とか穏やかな表情を取り繕《つくろ》って、

「そう悪い話ではない……。よくそんなことが言えますねえ……」

訴えるように言った。

おまつには黙っていたが、東蔵は雛三と共におまつに俄《にわか》に持ち上がった縁談につい

て、その相手をもよくわかっていた。

出処は、この宿場の顔役・高浜の吉五郎であった。

吉五郎は、問屋場の役人を務めているが、人足達を束ねる渡世人《とせいにん》の親分でもあった。

やくざ者ならではの勘《かん》というのであろうか、穏やかで気の好い東蔵にやくざな昔を覚えて、吉五郎は何かというと東蔵に誘いをかけてきた。

「旅籠の使いっ走りなんかやめて、おれのところへこねえか。力持ちのお前なら人足共の束ねができるだろうし、その気になりゃあ、ちょっとした顔になれるぜ」

と言うのだ。

もちろん、自分はそんな柄じゃないと、誘いには乗らずにきたが、おまつが東蔵の昔馴染の忘れ形見で、父親のように懐《なつ》いていると見て、今度は面倒な話を持ちかけてきたのだ。

「おれの兄貴が、〝磯や〟のおまつを見初めちまってな。おまつはお前の言うことなら何だって聞くそうじゃあねえか。ちょいと間に入ってやってくれ」

兄貴というのは、大磯の宿で金貸しをしているやくざ者で、梅助《うめすけ》という四十絡《がら》みの男である。

「親分、そいつは勘弁してくださいまし。おまつには、もう言い交わした相手がいるみてえだし、それもまだまだ先の話でございますから」

とんでもないことだと思いつつ、東蔵はのらりくらりと言い逃《のが》れて、〝磯や〟の雛三にこの話を伝えた。

「なんだって……。吉五郎親分の兄貴分といえば、確か大磯の梅助とかいうやくざ者だ。そういえば少し前に店にきたことがありましたよ。その時に気に入ってしまったのかもしれないねえ。ここはうまく断らないといけませんな」

雛三もまたとんでもない話だと迷惑がって、あれこれ理由をつけてやり過ごそうと話をしたところであったのだ。

それが、俄に悪い話ではないと言い出すとは、裏切られた気がした。

「なるほど、そういう話ですか……」

東蔵は昨夜、光右衛門が雛三について憤《いきどお》っていたのを思い出した。雛三は昔から遊び好きで商いが落ち着かず、吉五郎から金を借りている……。

「旦那、親分から証文をちらつかされましたね」

たちまち雛三の顔に動揺が走った。

「借金の形《かた》に、おまつ坊を売ろうというのですかい。そりゃあ、あんまりだ……」

「ま、待ってくれ。わたしは売りとばそうなどとは思っちゃあいませんよ。ただ、その、大磯の梅助って人は、それほど悪い人ではないようだし、何といっても世の中は金が物を言うものだ」

「貧乏でどうしようもないまっとうな男よりは、おまつ坊の婿《むこ》に相応《ふさわ》しいと仰るんで……」

「いや、たとえ話をしているだけですよ」

「旦那、もしおまつ坊を売り渡すようなことがあったら、〝磯や〟の名に傷がつきますよ。ここは何としてもお断りするように持っていかねえとなりません。よろしゅうございますね」

あまり話し込んで、おまつの耳に入ってもいけない。

東蔵は、とりあえず引き下がって〝磯や〟を出た。

すると、吉五郎の乾分《こぶん》に捉《つか》まった。

「おう、ちょいと面《つら》ァ貸しな……」

こ奴は雲太郎《くもたろう》といって、雲助《くもすけ》から吉五郎の代貸に納まっている破落戸である。

吉五郎が東蔵に、身内になるよう誘っていたことで、自分の立場が脅《おびや》かされるのではないかと邪推《じゃすい》し、何かというと東蔵に絡んでくる面倒な男なのだ。

今はおまつの話で気が昂っている。昔の東蔵ならひと捻《ひね》りにしてしまうところだが、そこは抑えて、

「何か用ですかい。これから旅籠に戻らねえといけねえんですが」

いつものように下手《したて》に出た。

「馬鹿野郎、親分がお呼びなんだよ。手前《てめえ》、〝磯や〟の用はすましても、親分の誘いには応えられねえってのかい」

下手に出るとつけ上がり、弱い奴だと見ると脅《おど》しつける。業腹ではあるが、こんな奴と言い争っても仕方がない。

「へい、そんなら参りますでございます」

東蔵は素直に従った。

――親分も前はこうじゃなかったのに。

東蔵は気が重たかった。五年前に平塚に来た時は、吉五郎も博奕場と女郎の仕切りを手がけるだけの親分であったが、このところは高利貸や、強請《ゆすり》、盗品の売買など、悪事の幅を広げていた。

それと共に、脅しつければ何とかなるという、思い上がった考えが近頃の吉五郎には見受けられるのだ。

吉五郎は、東組問屋場と妙安寺《みょうあんじ》の間に家を構えている。吉五郎と染め抜いた日除《ひよ》け暖簾《のれん》をこれみよがしにかけているところを見ても、大親分気取りが窺える。

「へい、お呼びでございますかい……」

その暖簾を潜《くぐ》ると、土間の向こうの座敷に吉五郎がいて、煙管《キセル》で煙草《たばこ》をくゆらせていた。

「東蔵、手前いい加減なことをぬかしやがると痛《いて》え目に遭《あ》うぜ」

吉五郎は仏頂面《ぶっちょうづら》で、開口一番、東蔵を詰《なじ》った。

「何のことですかい？」

「お前、おまつには言い交わした相手がいるみてえだと言ったが、〝磯や〟のおやじはそんな相手はいねえって言ってたぜ」

「雛三の旦那が……」

東蔵は顔をしかめた。雛三には、まだ子供の頃からの許婚《いいなずけ》がいることにしておこうと話し合ったばかりであった。

恐らく、吉五郎から借金をしているだけに、おまつの縁談について、その場しのぎの話をしたのであろう。

「そうですかい。そんならあっしの思い違いだったのかもしれませんね」

東蔵は言葉を濁した。

「ふん、親のように慕っているお前が知らねえわけでもあるまいが、まあいいや。おれも高浜の吉五郎だ。兄貴分が見初めた娘をこのまま指を咥《くわ》えて見ているわけにはいかねえんだよ」

「親分、だがおまつの気持ちも汲んでやってくださいまし。まだほんの十七ですから」

「十七といやあ立派な大人だよ。おまつが乗り気でねえなら、得心《とくしん》させるのがお前の役目だ」

「とは申しましても、あっしも赤の他人でございますから、おまつを得心させるなんてことは……」

「やかましいやい！　〝磯や〟のおやじとようく相談するんだな。おれは何としても、大磯の兄貴におまつを取り持つからよう。事を荒立てたくなかったら何とかしろい。さもなきゃあ〝磯や〟を潰しにかかるぜ」

吉五郎は破落戸の本性をさらけ出した。

東蔵は黙って引き下がるしかなかった。

事を荒立てては〝磯や〟にもおまつにも傷が付くであろう。

吉五郎一家は、人足を束ねている上に、命知らずを誇《ほこ》る乾分が十人ばかりいる。おまつもここで吉五郎に逆《さか》らっては暮らしていけないのだ。

――とにかく刻を稼ごう。

東蔵は熟考した。刻を稼ぎ、その間におまつにすべてを打ち明け、平塚から連れて出るしかない。吉五郎に借金をしたのはおまつではないのだ。おまつを売り払うことに気持ちが動き始めている雛三の許に、最早《もはや》置いてはおけぬ。

――だが、連れて出たとして、それからどうする。

東蔵の胸の内は晴れない。

心ここにあらず、東蔵はふらふらと〝松風や〟への道を辿《たど》った。

ひたすらに過去の姿を隠してきた東蔵には、こんな時に腹を割って話せる相手がいなかった。

光右衛門は骨のある男だが、いかんせん老人である。その上、世話になった男だけに迷惑をかけたくはない。

とどのつまり、怒りを忘れ、腹を立てず、穏やかに暮らすということは、長い物には巻かれ、人の難儀には目を瞑《つむ》れということなのであろうか。

東蔵は次第に絶望を覚えてきた。

「東蔵の兄さん、どうしたんだい。浮かねえ顔をして」

　東組問屋を背にして江戸見附の方へと行ったところで、東蔵を呼び止める声がした。

「栄三の旦那……」

　そこには、平塚見物に出ていた秋月栄三郎と又平が並んで立っていた。

　東蔵は、かつて用心棒として共に修羅場《しゅらば》を潜った栄三郎の姿を見て、言い知れぬ力が湧《わ》いてくるのを覚えた。

「いや、あっしも歳をとって、悩み事がちょいと増えたってところで」

　こんな言葉がさっと出た。

「その悩み事、大よそのところは今日の平塚見物でわかったよ」

　栄三郎はニヤリと笑った。その表情を見て、

「どこを見物していたんですよう……」

　東蔵は栄三郎の真意に気付き声を詰まらせた。

　栄三郎は、東蔵が腹の底に抱える屈託を見破り、今宵の宴までの間に、これを酒の肴《さかな》にすべく、又平と方々を当たっていたのである。

「兄さんは穏やかに、腹を立てずに暮らしてきた。そりゃあ本当に大したもんだ。だ

が、手前の心を騙《だま》すのはよくねえぜ。高浜の吉五郎、その乾分の雲太郎、兄貴分の大磯の梅助、こいつらには腹を立てたっていいじゃあねえか」

「そうだと言って……」

「〝磯や〟の旦那も頼りねえ男だ。この際おまつ坊を取り返さねえといけねえや」

「取り返すのは好いが、その後はどうするんで」

「そいつは一杯やって考えようじゃあねえか。一方がうまくいってなければ一方が励まし、助けること。それが五年前の約束だ。兄さん、一宿一飯《いっしゆくいっぱん》の恩義を、今返させてもらうぜ」

平然として語りかける栄三郎を見ていると、東蔵は体がどんどん軽くなっていく不思議な心地を覚えたのである。

六

翌朝。

前夜に栄三郎と気持ちの好い酒を飲み、東蔵はすっきりとした表情で、〝松風や〟を出た。

その際、主の光右衛門に耳打ちしたが、光右衛門は少しばかり目を丸くした後、

「そりゃあそうだ。お前が平塚から出ていくことはないんだ。思うようにすればいいさ」

と、喜んで送り出してくれた。

東蔵の行き先は、高浜の吉五郎の家であった。

「何でぇお前か、こんな朝っぱらから何しに来やがった。おまつに引導を渡したとでも言うのかい」

応対に出た雲太郎が憎々しげに言った。

だが、いつもにこやかな東蔵の顔に笑みはなかった。それどころか、東蔵はふんと鼻を鳴らすと、

「その話は吉五郎にするから、お前のような三下は引っ込んでろ……」

野太い声で応えた。その物言いには恐ろしいほどの凄味《すごみ》があった。

思わぬ東蔵の言葉に、雲太郎はしどろもどろになって、

「て、手前、吉五郎たあ、誰のことをぬかしやがるんでぇ！」

と、吠《ほ》えかかった。

「お前、耳が悪いのかい。吉五郎といったらお前の間抜けの親分のことだよう！」

東蔵はどすの利いた声で言い放った。

その刹那《せつな》、東蔵の張り手をまともにくらった雲太郎は、土間の中を吹っ飛んで、座敷の上がり框《かまち》に嫌というほど体をぶつけて昏倒《こんとう》していた。

「何でえ、声も出ねえのかい。役に立たねえ野郎だなあ」

東蔵は嘲笑《あざわら》った。

すると、助けを求めて奥へ駆け込んだ三下の報せで、ぞろぞろと乾分達が出てきた。

「東蔵……、これは何の真似だ！」

やがて現れた吉五郎は、伸びてしまっている雲太郎を見て叫んだ。

「客に向かってなめた口を利きやがるから、ひとつくらわせてやったんだよう」

「な、何だと……」

東蔵は、昨夜、栄三郎に勧められて、久し振りに怒ることにした。

無理を押し通す者がいるからといって、その奴を恐れておまつを連れてどこかへ逃げるのは筋が違う。平塚を出ていくべきは吉五郎の方ではないのか。

栄三郎に言われて目が覚めたのだ。

怒ること、腕を揮《ふる》うこと。それによって人はよからぬ方向に走る時があるかもしれない。

だが、やくざな暮らしから足を洗い、穏やかな暮らしを送ってきた東蔵が、路傍《ろぼう》に咲く一輪の花を踏みにじらんとする者に対して覚える怒りは正義ではないか。

「かつて柳生宗矩《やぎゅうむねのり》という剣客は、本来忌《い》むべき武力も、悪を殺すために用《もち》いれば、人を救い活《い》かすものとなる……。そう仰せになられた。弱い者苛《いじ》めしかできねえ野郎共に、ひとつ張り手を見舞っておやりよ。後のことはおれに任せてくれ」

栄三郎にこう言われると、東蔵の体中に力が湧いてきた。人気力士に勝ったがために相撲を取れなくなった己が人生は不幸であったかもしれない。

だが、おまつを守り抜くことで、新たな幸せが舞い込んでくるかもしれない。

「やい吉五郎。お前、おまつ坊と大磯の梅助の間を取り持つためなら〝磯や〟を潰しにかかるなどとぬかしやがったな。金のやり取りはお前と雛三の間のことだ。潰すなら勝手にしやがれ。だがな、大磯の金貸しのろくでもねえ野郎におまつ坊をやるわけにはいかねえ。今日この場限りで手を引きやがれ。さもねえと手前を潰してやるから覚悟しろい！」

東蔵は、〝喧嘩屋〟の啖呵《たんか》を鮮《あざ》やかに切った。

「な、何だとこの野郎！　気が違ったか」

吉五郎は、あの朴訥な東蔵のあまりの変わりようにあたふたとした。この男は只者《ただもの》ではないと悟《さと》ったのだ。

だが、こっちも命知らずが十人いるのだ。

「手前なんぞになめられて堪るか！」

吉五郎ががなったと同時に、威勢の好い乾分二人が東蔵に襲いかかった。

東蔵は左の一人に頭からぶつかり、こ奴を雲太郎と同じように吹き飛ばし、右の一人の胸倉を摑《つか》んで顔面に頭突きを見舞った。

こ奴は鼻から血を流し、その場に倒れた。

喧嘩無敵の東蔵がここに蘇った。

強いというものではない。まさに仁王《におう》が降臨《こうりん》したかのようであった。

吉五郎の乾分達は瞠目《どうもく》した。あの大人しい東蔵が、これほどまでに腕が立つとは
――。

弱気は怖気《おじけ》を生む。

たじろいだところへ、今度は東蔵の方から襲いかかり、一人を張り手で失神させ、逃げる一人を担いで投げた。

それでも命知らずの乾分もいる。

「野郎！」

腕力で敵わぬなら得物で斬《き》り刻んでやるとばかりに、長脇差《ながわきざし》を抜いて斬りかかった。

東蔵は怯《ひる》まず、こ奴の懐《ふところ》に入り、ぐっと持ち上げると長火鉢に向かって放り投げた。

「げえッ！」

悲鳴と共に灰神楽《はいかぐら》が立ち込める。

だが、多勢に無勢はいかんともしがたい。

この間に東蔵の背後に回り込んだ一人が、抜身を振り上げ、

「死ね！」

と、襲いかかった。

この頃になると、家の外に集まり出した野次馬が、あっと目を瞑った。

しかし、背後の一人は抜身を振り下ろすまでもなくその場に倒れた。

大暖簾の外で出番を待っていた秋月栄三郎が、腰の刀を峰に返し、こ奴を打ち据《す》えたのだ。

「長い物を振り回そうという者は、某《それがし》が相手になってやろう」

栄三郎は凜《りん》とした武家言葉で、吉五郎一家の者共を見廻した。

この辺の連携も昨夜のうちに打ち合わせていた。

相手はたかだか十人ほどの田舎やくざである。喧嘩無敵の東蔵には、栄三郎が助っ人するだけで充分であった。

抜身を引っ提《さ》げた武士が、鮮やかな太刀捌《たちさば》きを見せたのである。長脇差を手にした乾分達は、これを抜くに抜けずまたもたじろいだ。

「馬鹿野郎が！」

東蔵は土間に落ちている雪駄《せった》を手に取ると、もたつく乾分達の頰《ほお》やこめかみを、これではたきまくった。

こういう喧嘩殺法も、かつては何度となく盛り場で見せた東蔵であった。

――だがあの頃と違う。

睨《にら》みを利かせつつ、栄三郎の口許は綻んでいた。

あの頃の東蔵の喧嘩は、何をしても上手《うま》くいかぬ焦燥《しょうそう》と絶望を晴らさんとする荒《すさ》んだものであった。

それが今は、喧嘩に明るさがある。

守らねばならぬ弱き者のために体を張る、男の輝きが放たれている。

あれから五年。その輝きが同じように荒んだ暮らしを送った栄三郎にはよくわかる。

高浜の吉五郎の乾分達は、家のそこかしこで倒れていた。

まだ殴られていないのは二人いたが、もう戦意はすっかりとなくなっている。

それでも逃げれば、この先身の寄せどころを失う。

一発殴られて、この場に伸びてしまおうと、

「や、野郎……」

形ばかり声を荒らげ、二人共に自殺的な突進を試みて、東蔵に軽くいなされ張り手をくらい、すんなりとその場に倒れた。

「東蔵、ちょっと待て、おまつは他でもねえお前の、昔馴染の忘れ形見だ。だ、だから、おれだってかわいがってやろうと思ったんだ。お、おれの兄貴は、好い男だし、押し出しも好いし、金もある。だ、だから、好い縁組だと思ったんだよ。そんなに怒ることたあねえじゃねえか……」

吉五郎は、一人取り残されて、必死の形相で言い繕った。

「そうかい。大磯の梅助といえば、鬼瓦《おにがわら》みてえな顔の下衆《げす》野郎で、あぶく銭は稼いでいるがけちで、歳は四十を超えている。おれはそう聞いていたが違ったようだな」

東蔵は嘲笑った。

さすがに吉五郎は、後で梅助に何をされるか知れぬと思ったのか、最後のあがきで、

「東蔵、お前、そんな口を利いていると、兄貴も黙っちゃあいねえぞ。お前がいくら喧嘩自慢でも、兄貴にかかっちゃあ、命がいくらあっても……」

「命がいくらあってもどうだと言うのだ。大磯の梅助という男は、人の命を殺《あや》めるような非道を働いているとでも申すか！」

そこで吉五郎の言葉尻《じり》を捉《とら》え、栄三郎が叱責《しっせき》した。

「某は、公儀道中方・手島信二郎《てじましんじろう》様から御用を仰せつかっておる秋月栄三郎である。当平塚の宿において高浜の吉五郎なる者が怪《け》しからぬ振舞をしておると聞きこれへ参ったところ、今の争闘に出合いしが、これは聞き捨てならぬ！」

「え……、ご、ご公儀の……？　へ、へへえ〜ッ」

吉五郎はついに平伏した。

今度の大坂行きの道中、栄三郎と又平は、所用あって上方へ向かっていた、道中方・手島信二郎と出会い、大いに意気投合した。

大坂では微行の手島を道頓堀《どうとんぼり》の芝居に案内したりして、さらに親交を温めたのだ

が、

「栄三殿、江戸へ戻る折、怪しからぬ者共を見かけた折は、某の用を務めている者だと言うて脅してやればよろしい。ただし、その折の話は江戸へ戻ってから聞かせてくだされ……」

　そんなお墨付きをもらっていたのだ。

　秋月栄三郎ならば、滅多と権威を振り回したりはしないであろう。そして、上手に遣《つか》ってくれるに違いない。

　手島信二郎はそう思ったのであるが、栄三郎はここで初めてその札を切ったのである。

「ならばこれより大磯へ取って返さねばならぬな」

「い、いえ、滅相もねえ……。今のは言葉のその何と申しましょうか」

「言葉の綾《あや》であったと申すか」

「は、はい、その、綾でございます……」

「ならばよい。だが、話を聞けば、その方、借金の形におまつなる娘を無理に大磯に嫁《とつ》がそうとしているようじゃのう」

「と、とんでもねえことでございます。わ、わたしは、ただ縁談を持って参っただけでございまして……」

「左様か、それならば東蔵。もう喧嘩はこれまでにしておくがよい」

「畏《おそ》れ入ります……。ここの連中が、無理《むりじ》強いするようなことを言い募《つの》ってきましたので、おまつを守ってやりたい一心で……」

東蔵は打ち合わせ通りに恭《うやうや》しく頭を下げた。

「おぬしの気持ちはようわかる。この家は破落戸共の住処と見える。さりながら、弱い者ばかりゆえこれより先は了見してやるがよい」

「承知いたしましてございます」

そこへ、又平がおまつを連れてきた。その傍らには〝磯や〟の雛三が、体を縮ませ平身低頭の体で立っている。

おまつは既に又平から経緯《いきさつ》を聞かされていた。

自分に起こっていた縁談の相手が、大磯の梅助というとんでもないやくざ者で、それを破談にするべく東蔵が体を張って吉五郎の許に乗り込んだと知り、おまつの顔は感動に紅潮していた。

まだ子供であった頃から、慕ってきた東蔵が、そこまで自分のことを考えていてくれたとは。そして、これほどまでに強い男が今まで一度も怒ったりせず人にやさしかったのは何と素晴らしいことであろうか。

「東蔵の小父さん……」

目に涙を浮かべ、大きく頷くおまつに東蔵は頬笑み返すと、

「おまつ坊、吉五郎親分が持ってきてくれた縁談だが……」

「お断りします」

その問いが終らぬうちにおまつは否《いな》と告げていた。

「そうかい。そんなら親分、異存はござんせんね。この先、味な真似をすりゃあ、今度はその首をへし折ってやるからそう思いな！」

東蔵はそれに重ねて恫喝《どうかつ》し、

「これ、東蔵……」

と、栄三郎が窘《たしな》める。

そういえば、かつてもこんな息で、賭場の喧嘩を収めたことがあった。それを思うと笑みがこぼれて、

「吉五郎が味な真似をするはずがなかろう。そのようなことをすれば、お上が黙っておらぬゆえにのう」

括《くく》りの言葉も和やかになった。

「あ、味な真似などいたすはずもございません……！」

と、吉五郎は床《ゆか》に額《ひたい》をすりつけた。

「うむ、ならばしっかりと宿役人を務めい！」

栄三郎は、吉五郎を戒《いまし》めると、返す刀で、

「〝磯や〟の主！　おぬしのような頼りない者が、うら若き娘を奉公人として預かるのはいかがなものかのう」

雛三をあたふたとさせた。

すると、そこへ旅籠〝松風や〟の主・光右衛門が、ここぞとばかりに前へ出て、

「雛三、今日からおまつ坊は、うちの旅籠で奉公してもらうことにした。お前には若い頃に随分と貸しがある。文句はねえな！」

かつて肩で風を切ったという名残を見せて、啖呵を切った。

「光右衛門……。面目ない。おまつをよろしく頼みます……」

「よし、任せておけ、おまつ坊、いいね」

得意満面の光右衛門の様子がおかしくて、栄三郎と東蔵は、高らかに笑い合ったのである。

七

「気をつけて帰っておくなさい」

「なに、江戸は目と鼻の先だよ」

「そうでしたねえ。ははは、すっかりとそれを忘れておりやしたよ」

「京橋水谷町へ、いつでも訪ねてきておくれな」

「へい、そのうち、訪ねさせてもらいますよ」

「待っているよ、東蔵兄さん……」

五年前の約束を果した秋月栄三郎は、又平と共に翌日旅立った。

江戸見附を出ても、東蔵は栄三郎を見送った。

名残が尽きぬのは、まだ何か話し足りないことがあるのであろう。東蔵はどこかもじもじとしているように見えた。

話したいことは山ほどあるが、いざその相手を前にすると何やら心地好く時がたち、半分も話さずに別れてしまう。

人にはよくある話である。そしてそれは、相手が気が置けぬ友、仲間、肉親であるからこそ、みなまで言わずともよいのであろう。

もじもじしつつも東蔵は、心身に溜《たま》りに溜った怒りという垢を拭《ぬぐ》い去った充実に、尚《なお》も穏やかな表情になっていた。

栄三郎は、東蔵が何よりも自分に言いたいことはわかっていた。

「これからは忙しくなろうよ」

「忙しくなりますかい？」

「ああ、あれだけの男気を見せたんだ。宿場の連中は兄さんを何かと頼るようになるだろうからな」

「そいつは面倒だ」

「面倒がることがあるものか。吉五郎なんかが人足の束ねをするより、兄さんが宿役人になってまとめていく方が余ほど人のためになるってものさ。これから先が楽しみだよ」

「そんなら、また五年たったら様子を見にきておくんなさいな」

「ああ、五年といわず、一年もすれば遊びにくるよ。だから、それまでにはおまつ坊に打ち明けておきなよ」

「打ち明けておく……？」

「そうだよ。兄さんが本当の父親だってことをさ」

「何だって……」

「ふふふ、すぐにわかったよ。岩松っていう昔馴染なんていやあしない。松五郎というのは、兄さんのことだとな。いや、おれだけじゃあねえ。もう〝松風や〟のおやじさんなどはわかっているんじゃあないのかい。おまつ坊の目は、兄さんにそっくりだ」

「栄三の旦那……」

「これだけのことをしてあげたんだ。昔のことは許してくれるさ」

「そうだろうかねえ……」

東蔵はたちまち涙で顔をくしゃくしゃにした。

「そうだとも、ちょいと落ち着いたら話すんだな。どうしても話せねえなら、おれがうまく取り次いであげるよ。東蔵の兄さん、好い五年だったねえ。おれも一宿一飯の恩を返せて嬉しいよ。怒らねえ兄さんなんてつまらねえや。これからは人のために怒っておやりな」

栄三郎は東蔵とそこで別れた。松並木が美しいところであった。振り返ると東蔵は、泣き顔でいつまでも手を振っている。

「あの〝喧嘩屋〟が、まるで子供みてえだよ……」

　栄三郎は満足そうに頷いた。

　二十五年前の自分を大坂で懐かしみ、旅の終りは平塚で、五年前の約束にけりをつけた。

「又平、言い出せばきりがねえが、もうすぐ四十になろうって男としちゃあ、おれは幸せな方だなあ……」

　冷たい早春の風は清々《すがすが》しかった。

　栄三郎は又平に、しみじみと笑顔で語りかけながら、一歩また一歩と、思いの道を歩き出した。

第二章　思い出道場

一

秋月栄三郎と又平は、大坂への行き帰りの旅を無事に終えて、文化《ぶんか》六年（一八〇九）正月の末に江戸に入った。

長く留守《るす》をしていた〝手習い道場〟は、昨年晩秋に晴れて夫婦《めおと》となった、剣友・松田新兵衛《まつだしんべえ》と剣の弟子・お咲《さき》によって守《つと》られていた。

二人は、現在新兵衛が師範代を務めている、気楽流・岸裏伝兵衛の道場内に建て増された新居に住むことになっていたから、新築なるまでの間の仮住まいとしてちょうどよかったのである。

新兵衛とお咲は、代わる代わる手習い師匠となり、町のもの好き達への剣術指南を

もこなしてくれたというので、

「さすがは新兵衛とお咲だ。もうおれなど帰ってこない方がよかったのかもしれぬな……」

栄三郎は、二人に礼を言いつつ、そんな風に笑ったものだ。

実際、厳格な新兵衛と、ほがらかで闊達《かったつ》なお咲の取合せは絶妙で、手習い子も親達も随分《ずいぶん》とありがたがったのだが、

「長く会わないと、どういうわけだかいい加減な栄三先生が恋しくなる……」

ようで、栄三郎と又平の姿を見かけるや、京橋水谷町は大いに沸《わ》いて賑《にぎ》やかになったのである。

二人が帰ったことで、新兵衛とお咲も本材木町《ほんざいもく》五丁目の岸裏道場の新居へと入った。

〝手習い道場〟近隣の者達は、誰もが栄三郎の土産《みやげ》話を聞きたがったが、栄三郎は道場に又平を残して彼らの相手をさせ、自《みずか》らは帰ったその日に剣の師である岸裏伝兵衛へ挨拶《あいさつ》に出た。

「左様《さよう》か、山崎島之助先生も御息災《ごそくさい》の由《よし》。何よりじゃ」

かつて西国へ旅に出た折、大坂で栄三郎の剣才を見出《みいだ》し、江戸での修行を勧《すす》めた伝

兵衛である。

栄三郎のかつての師・山崎島之助の近況などを聞くといちいち懐《なつ》かしそうに感じ入り、

「親父《おやじ》殿も、栄三郎に会えて喜ばれたものの、今はまたかえって寂《さみ》しさがつのることであろうのう」

と、栄三郎の父・正兵衛を思いやった。

「思えば、おぬしを江戸に来させたのはこの伝兵衛だ。何やら申し訳ない」

「申し訳ないなどとは畏《おそ》れ入りまする。上の倅《せがれ》が跡《あと》を継《つ》いで、下の倅が江戸で自分の知らぬ道を歩んでいる、これほどの楽しみはないと、父はつくづくと申しておりました」

「それならばよいが……」

「わたしこそ、江戸へ参ったものの、花が咲かずじまいで、先生には申し訳なく思うております」

頭を掻《か》く栄三郎を、

「咲かずじまいとは何だ」

同席していた新兵衛が、怒ったように窘《たしな》めた。

「おぬしが咲かそうとせぬのではないか」

「新兵衛の言う通りだ」

伝兵衛が、笑った。愛弟子《まなでし》二人との一時が、いかにも楽しそうであった。

近頃は、ふらりと旅に出ることも控《ひか》えて、稽古《けいこ》場での暮らしに情熱を注《そそ》ぐ伝兵衛であったが、

「おれも歳《とし》をとったようだ……」

というように、昔話が増えた。

この日も、栄三郎を道場の自室に迎え、新兵衛と共にお咲の手料理で一杯やっていたのだが、

「そういえば、連城睦太郎《れんじようむつたろう》を覚えているか」

と、一人の剣客《けんかく》の名を告げた。

「連城先生でございますか。はい、もちろん覚えております る」

栄三郎は即座に応《こた》えた。

「昔はよく稽古をつけていただきました」

新兵衛が続けた。

連城睦太郎は、伝兵衛の弟弟子にあたる。昔から旅好きで、己《おの》が稽古場を留守にす

ることが多かった伝兵衛は、何度となく門人の稽古を連城に託《たく》したのであった。

「あれの兄が出世をして少し前から定府《じょうふ》になったそうでな……」

睦太郎は、上州高崎《じょうしゅうたかさき》の大名・松平《まつだいら》家に代々仕《つか》える連城家の次男に生まれた。

部屋住みの身であるから、何かを会得《えとく》して自立せねばならぬと、睦太郎は幼い頃から筋《すじ》が好《よ》いと言われてきた武芸に励《はげ》んだ。

その甲斐《かい》があって、主家から江戸での遊学を認められ、幾《いく》つかの流派を学んだ上で、気楽流を修めた。

同じ頃に修行に励んでいた岸裏伝兵衛とは、切磋琢磨《せっさたくま》した間柄で、歳は睦太郎が二つ下。兄弟子とはいえ同じ年恰好《かっこう》であり、親しく接してきたのであった。

伝兵衛が本所番場町《ほんじょばんばちょう》に道場を構《かま》えると、睦太郎もその翌年に、麻布谷《あざぶたに》町に道場を構え、剣客として独り立ちした。

道場にはもっぱら、高崎松平家定府の武士達が稽古に通ったものだが、岸裏道場との交流も深かった。

やがてそれぞれが、大名・旗本《はたもと》家への出稽古なども務め多忙になり、門人同士の行き来も少なくなったので、栄三郎も新兵衛も睦太郎とはすっかりと疎遠《そえん》になっていた。それが、伝兵衛の話によれば、兄の定府に伴い、睦太郎も今は松平家の江戸屋敷にいるという。

睦太郎の兄は隅之助《すみのすけ》といって、国表では用人《ようにん》席の一人に名を連《つら》ねていたが、主君・右京亮《うきようのすけ》の信頼が厚く、昨年定府を命じられ江戸屋敷へと入った。

これにより睦太郎は、隅之助を助け、上屋敷、中屋敷に仕える足軽《あしがる》、小者の武芸指南をするようにと、松平家江戸上屋敷の御長屋に住まいを与えられ、新たに禄《ろく》をもって迎えられたのである。

「睦太郎は生真面目《きまじめ》な男ゆえ、町場に稽古場を構え、上手に切り盛りするのは不得手《ふえて》であった。まずはめでたいことじゃ」

伝兵衛は、弟弟子の近況を楽しそうに語ったが、

「確かに生真面目なお方でございましたな」

「稽古は厳しゅうございました」

栄三郎と新兵衛にはあまり好い思い出がないようで、懐かしみはしたが、二人共に少し表情を曇《くも》らせた。

「それで、麻布の稽古場は今……」

新兵衛が訊《たず》ねた。

「うむ、三日の後に取り壊《こわ》すようじゃな」

「取り壊す……」

「江戸屋敷に移った時から空《あ》き家になっていたそうだが、先だって近くで火事があって、塀《へい》が燃え、壁《かべ》も焦《こ》げたということでな」

「左様でございますか」

新兵衛は眉間《みけん》に皺《しわ》を寄せた。

お咲はそんな良人《おっと》の様子を見て、

「あれこれと思い出深い、お稽古場なのでございましょうね」

と、気遣《きづか》ってみせた。

新兵衛の妻となってからは、お咲はその佇《たたず》まいを武家風に改めていた。

「この身は浪人ゆえ、そなたに武家の真似《まね》をしろとは言わぬ」

新兵衛はお咲を娶《めと》るにあたってそう言ったものの、お咲の父である呉服店の主《あるじ》・田《た》辺屋《なべや》宗右衛門《そうえもん》は、

「松田様はこの先、立身を遂《と》げられるお方にございます。何かの折にご迷惑をかけるわけには参りませぬ」

と、恐縮して、栄三郎と相談の上、岸裏道場とは縁《えん》の深い、旗本三千石・永井勘解由《ながいかげゆ》の用人・深尾又五郎《ふかおまたごろう》の厚情《こうじょう》をもって養女としてもらい、一通りの作法を身につけ

させた。

元より、宗右衛門の供をして武家屋敷に出入りしたこともあった上に、田辺屋に大《たい》身《しん》の武士を迎えた折は接待役を務めたお咲である。

聡明《そうめい》な彼女はたちまち武家の夫人になり切ったが、大坂へ旅立つにあたって栄三郎は、

「要は、他所《よそ》行きの顔を持っていろってことさ。お咲らしさがなくなれば、まったくおもしろくないからな。たかが浪人の妻だと思えばいいんだよ」

そう告げた。

そして今、新兵衛の妻として、伝兵衛と栄三郎の給仕をする姿は、かつてのお咲の明るさをそのままに、成熟した大人の落ち着きをも漂《ただよ》わせ、実にほどがよい。

——さすがはお咲だ。

栄三郎は満足して、顔を綻《ほころ》ばせたのだが、稽古場が取り壊されると聞いて新兵衛が難しい顔をした理由にはたと思い当たり、たちまち彼もまた眉間に皺を寄せて新兵衛を見た。

新兵衛はしかつめらしい顔をして頷《うなず》き返したが、その目の奥には長年の友ゆえにわかる含みがあった。

「まあ、連城睦太郎のことはよい。栄三郎と新兵衛にとっては、あまり好い思い出もなかったのう。ははは、時に栄三郎、山崎先生に剣術を習《なろ》うていた鈴木風来軒殿が亡くなったのは惜《お》しいことであったな……」

伝兵衛は、話題を栄三郎の大坂での恩人である鈴木風来軒に移した。

伝兵衛もまた、話すうちに二十年以上も前のある出来事を思い出したようだ。

一人、話の流れについていけぬお咲は、口惜《くや》しい想《おも》いに胸を痛めたが、

――男同士のお話にはわからないことが多いもの。まあ、そのうちに聞き出してみせましょう。

ここは妻としてどっしりと構えていようと、余裕の笑みを浮かべたのである。

二

翌日の昼下がり。

栄三郎は、久し振りに手習い師匠を務めると、慌《あわただ》しく〝手習い道場〟を出て、本所石原《いしわら》町の北方にある永井勘解由邸へと向かった。長い間の不在によって、奥向きの女中達への武芸指南が滞《とどこお》ったことへの詫《わ》びと、帰府の挨拶を済ませるためであった

が、日程を急いだのには理由があった。

この日、同じく永井邸での出稽古に来ていた松田新兵衛とここで落ち合い、さらに回向院《えこういん》門前にある〝ふじしろ〟というそば屋の小座敷で、相弟子の陣馬七郎《じんましちろう》と三人でどうしても会って話をしたかったのだ。

秋月栄三郎、松田新兵衛、陣馬七郎――。

この三人が岸裏伝兵衛の門人の中でも、特に親しい間柄であることは何度も述べた。

そして、二十年以上前の伝兵衛の弟弟子・連城睦太郎との〝ある出来事〟と、それを巡《めぐ》る秘事についての思い出を、三人は共有していた。

それゆえ、昨日岸裏道場を辞去《じきょ》する栄三郎を外まで送りつつ、新兵衛は七郎を交えてそっと話したいと栄三郎に耳打ちしたのであった。

栄三郎にも異存はなかった。

朝から又平に七郎への文を託し、現在七郎が剣術指南役として暮らす、旗本・椎名《しいな》右京《うきょう》邸へと遣《や》って、

「委細《いさい》承知した」

という七郎の返事を既《すで》に得ていた。

深く理由を問わず、黙々と動いてくれる又平は、長年渡《わた》り中間《ちゅうげん》をしていたので、武家屋敷への遣いも慣れていて、こんな時は実に役に立つ。

永井邸には、当家の娘婿《むすめむこ》・房之助《ふさのすけ》の姉で、奥向きの老女を務める萩江《はぎえ》がいる。

密《ひそ》かに心を通わせ想い合う萩江と、もう少し言葉を交《か》わしたいところであったが、それもほどほどにそば屋へ向かったのは、連城睦太郎がかつて稽古場を構えた道場が、三日後に取り壊されると聞いたからである。

〝ふじしろ〟の小座敷には既に陣馬七郎が来ていた。

小座敷は二階にある三畳ばかりの一間で、窓からは竪《たて》川が見える、なかなか気の利《き》いたところである。

永井家の用人・深尾又五郎が、あまり人に聞かれたくない話をする時に使うということで、栄三郎と新兵衛にも馴染《なじみ》があったのだ。

そして今日の剣友三人にとって、ここはおあつらえ向きの密談場となった。

「おい、連城先生の道場が取り壊されるのか」

七郎は、栄三郎と新兵衛の姿を見るや、開口一番訊ねた。

「ああ、近くの火事の巻き添えで、塀が焼け、壁も焦げたとか」

「それで、明後日と相成ったそうだ」

栄三郎と新兵衛が口々に言った。

「と、なると、あの銀煙管《ぎんギセル》のことが気にかかるな……」

七郎は頭を掻いた。

「やはり覚えていたか」

栄三郎はニヤリと笑った。

「ああ、忘れるものか。あの時の口惜しい想いと共にな」

「おれはうっかりと忘れていて、新兵衛が苦《にが》い顔をするのを見て、ふっと思い出したのだ」

「ふざけた話だ」

新兵衛が憤《いきどお》った。

「あの銀煙管のことは、栄三郎が言い出したのではなかったのか」

「ははは、確かにそうだったな」

「笑いごとではないだろう」

栄三郎と新兵衛のやり取りを聞いて、今度は七郎が笑い出した。

「おぬしら二人は変わっておらぬな」

「栄三郎のいい加減なところが変わっておらぬだけだ」

「まあそう言うな。あの頃、おれ達はまだ十七だったんだ。それに、栄三郎が思い付いた悪戯《いたずら》で、あの時おれは随分と気が休まったものだ」

悪戯好き、遊び好きの栄三郎を、いい加減だと新兵衛が怒る。それを宥《なだ》めて間に入るのが七郎――。

岸裏道場で修行に励んでいる頃と、三人の関わり合いは変わっていなかった。

「七郎の言う通りだよ。おれ達はまだ子供だったんだ。あのくらいの悪戯で溜飲《りゆういん》を下げるしか術《すべ》がなかったということだ」

栄三郎が新兵衛に頰笑《ほほえ》んだ。

「まあ、それはそうだが……」

新兵衛は口を噤《つぐ》んだ。

生真面目で融通《ゆうずう》が利かぬところは、連城睦太郎と似ている新兵衛であるが、銀煙管の一件については栄三郎と七郎を止めもせず、自分自身も楽しんでいたところもある。

今さらどうこう言うのも男らしくないと思ったのである。

「連城先生は、悪い人ではなかったと思う。だが、あの時のことについては、今でもやはり納得がいかない……」

栄三郎の言葉に、新兵衛と七郎は相槌《あいづち》を打った。

〝銀煙管の一件〟と、取り壊される〝連城睦太郎の道場〟。これらはいったいどういう話なのか――。

これを語るには、まず二十二年前に三人がしでかした騒動から思い出さねばなるまい。


その頃、三人は十七であった。

栄三郎と新兵衛は、内弟子として、当時は本所番場町にあった岸裏道場で暮らしていた。

七郎の家はすぐ近くの手習い所で、彼もまた道場に一日中入《い》り浸《びた》っていたから、三人はとにかく仲がよく、何かというとつるんでいた。

三人の師である伝兵衛も、彼らを特にかわいがり、目をかけていた。

それゆえ、この三人を自分以外の剣客の許《もと》にやって修行をさせることもあった。

流派にこだわらず、極意を吸収するのが伝兵衛の信条で、彼自身も色々な剣術師範に教えを乞《こ》い、飾らぬ人柄と、豪快な剣風が気に入られ交友を広げていたからだ。

そして当時は岸裏伝兵衛も若かった。弟子に教えるばかりではなく、自分自身も新たな刺激を求めて旅にも出たから、栄三郎、新兵衛、七郎が他道場に預けられる機会も多かったのである。

二十二年前のその日も、栄三郎、新兵衛、七郎は、伝兵衛の留守によって、連城睦太郎の道場に預けられていた。

岸裏、連城の両道場は、交流が深く行き来があったので、連城道場での稽古には馴《な》れていた。

どこか軽妙な趣《おもむ》きを持ち合わせている伝兵衛とは違って、ただただ剛直な睦太郎は、栄三郎と七郎には初めから肌が合わず馴染めぬものがあったが、

「我らの師は岸裏先生なのだ。連城先生には、技を習いに来ているのだから、余計なことは考えず、稽古をつけていただけばよいのだ」

新兵衛はそう言って黙々と稽古に励んだので、

「確かに新兵衛の言う通りだ」

栄三郎と七郎もこれに倣《なら》った。

この時、三人には大きな楽しみがあった。

睦太郎の道場で一月《ひとつき》の間稽古に励んだ後、馬庭念流《まにわねん》の稽古に三日続けて加わることを許されていたのだ。

しかも、これはただの稽古ではなかった。

江戸の剣術界において当代無比《むひ》と謳《うた》われた、樋口十郎兵衛《ひぐちじゅうろべえ》から直《じか》に型の指南を受けられるというものであった。

十郎兵衛は、馬庭念流第十四世。父は十三世・十郎右衛門《じゅうろえもん》で、かの赤穂浪士《あこうろうし》で名高い堀部安兵衛《ほりべやすべえ》が、赤穂浅野《あさの》家に仕える前に教えを乞うたという剣客であった。

十郎兵衛は、弟子の育成に力を注ぐことで知られていて、この度《たび》は特にこれからの活躍に期待の持てる若い剣士を対象に、型の理念を説《と》きつつ教授する稽古会となっていた。

他流の栄三郎、新兵衛、七郎が、その場に立てるのは大変な栄誉であった。

この時、十郎兵衛は八十を超える高齢であったから、これが教えを乞う最後の機会になるやもしれなかった。

それもこれも、岸裏伝兵衛の交友の広さゆえの機会であったのだが、連城睦太郎もまた気楽流の他に馬庭念流を修めていてその方面に顔が利いたので、睦太郎に預けてから三人を樋口十郎兵衛の稽古に臨《のぞ》ませるのが得策と考え、伝兵衛は旅に出たのであった。

目の前に樋口道場での稽古がある。

これが、三人のやる気を起こさせ、睦太郎の厳しい稽古も苦にならなかった。

「うむ、さすがに岸裏先生が特に目をかけているという三人だ。この分ならば、樋口道場の誰にも後《おく》れはとるまい」

睦太郎も三人の努力を認め、当初はこのように誉《ほ》めてくれたものだ。

師・岸裏伝兵衛は、旅に出るにあたって、本所から麻布へ通うのは遠過ぎるであろうと、連城道場の武具庫に手を入れ、一月の間三人が泊まれるように手配してくれていた。

稽古場の掃除《そうじ》に加えて、睦太郎への食事の世話などもこなしてのことだが、睦太郎には利津《りつ》というしっかり者の妻女がいて、稽古場の掃除の他は、

「わたくしに任《まか》せておけばよろしゅうございます」

と言って、何事も自分が中心になってあたり、てきぱきと指示をしてくれたので、三人の雑事における負担は少なく、かえって力が余るくらいであった。

利津は、さほど三人とは歳が離れておらず姉のような存在で、時に息抜きも大事だと、外出《そとで》をも勧めてくれた。

外出といっても、大して金も持っていない三人であるから、せいぜい溜池《ためいけ》の辺《あた》りを散策してみたり、田楽《でんがく》などを買い食いするしかなかった。

しかし、そのうちに市兵衛町《いちべえ》に、美味《うま》い豆腐《とうふ》田楽の屋台が出ているのを見つけ、ここへ通うようになった。

屋台は大抵盛り場の外れに出ていた。そこは近くの寺の敷地に続いていて、大きな切り株が二つ並んでいるので、三人はいつもそれに腰をかけて串《くし》を口に運んだ。

時刻は、昼の稽古が終り、夕餉《ゆうげ》の手伝いまでの間のほんの一時なのだが、若い頃は、仲間と共にちょっとした買い食いをして、あれこれと無駄《むだ》話をするだけで大いに楽しめるものだ。

そこで栄三郎が、こっそりと酒を飲もうと言い出し、新兵衛が不謹慎だと怒り出し、七郎が宥める。

そんな光景もよく見られた。

「お若い人はよろしゅうございますねえ……」

田楽屋のおやじは三人の贔屓《ひいき》で、

「ほんのちょっとだけなら構いやしませんよう」

などと言って、時折、そっと酒を振舞《ふるま》ってくれたこともあった。

少しだけでも稽古の後の酔いは回る。

そんな時は、辺りを走り回って汗を掻き、酒気をとばすのだ。

ほとんどの場合、新兵衛は飲まずに剣友二人を困り顔で見ていたが、三人の麻布での暮らしは楽しかった。

そして、そろそろ樋口道場での稽古会が近付いてきたその日――。

いつものように、切り株に腰をかけて田楽に舌鼓《したつづみ》を打っていると、若い武士の五人組がやって来て、じろりと三人を睨《にら》んだ。

五人はいずれも二十歳《はたち》前の少年で、綿袴《めんばかま》に刺子《さしこ》織の筒袖《つつそで》、腰に脇差《わきざし》のみを差し、各々《おのおの》が木太刀《きだち》を手にしている。

栄三郎達と同じで、どこぞの剣術道場の門人のように思われた。

とかく若い頃は、見知らぬ同士、すれ違っただけで何やら気にくわぬのが男という生き物である。

同じように剣術を学んでいるだけに、対抗したくなる意識が働くのであろう。

睨まれてまず七郎が、

「何だこいつらは……」

と、気色《けしき》ばんだ。

「放っておけ……」

栄三郎が宥めた。

すれ違っただけでいがみ合っていれば、外を歩く度に喧嘩《けんか》をしなければならない。

〝火事と喧嘩は江戸の華〟などというが、大坂から出て来てまだ日の浅い栄三郎は、そういう気風にはどうも馴染めなかった。

新兵衛はというと、まるで若い剣士達に目を遣ることもなく、泰然自若《たいぜんじじゃく》として田楽を食べている。

「まあ、そうだな……」

七郎は、自分だけが怒るのも恥ずかしいことだと、一旦《いったん》は矛《ほこ》を納《おさ》めた。

すると、五人の内の兄弟子らしき大柄の武士が、はっきりとわかるくらい大きな舌打ちをして、

「おい、ちょっと来ねえ間に、おれ達の縄張りが荒らされているようだぞ」

聞こえよがしに言った。

五人はこの屋台の常連で、切り株は彼らの定席だと言うのであろうか。

栄三郎は、屋台のおやじの顔を見た。

おやじは困った表情で首を振った。

とりたてて常連《つ》でもないのだと、その目が伝えていた。

七郎の目が吊り上がった。

栄三郎は、まあ怒るなと七郎を目で窘めて、

「縄張りというには、あまりに貧相なところだが、そのうち立《た》ち退《の》くゆえ、まあ待ってくれぬかな……」

大柄の武士に頬笑んだ。

穏便《おんびん》にことを運ぼうとしたのであるが、隣に座っている七郎は、相変わらず怒った顔をしているし、その隣の新兵衛は、五人にはまるで見向きもせずに、ゆっくりとよく嚙《か》みしめて田楽を食べている。

これが、どうも大柄の武士には気に入らぬようで、

「こいつは驚いた。縄張りとは知らずに無礼をした。そう言って立ち去るのかと思えば、まあ待ってくれなどと偉そうな口を利きやがる……。おぬしらはどういう了見だ」

と、栄三郎に絡《から》みだした。

栄三郎は、この頃から飄々《ひょうひょう》としていて、

「了見と言われると、そんな大層なものは持ち合わせてはおらぬ……、まあ、もう少しで食い終るから待ってくれ」

惚《とぼ》けた顔をしてこれに応えた。

この様子に、怒り顔の七郎も失笑した。

「何がおかしい！」

大柄は七郎に吠《ほ》えかかった。

「お前らは見たところ剣術をかじっているようだが、どこの者だ」

「おれ達は気楽流を学ぶ者だ」

再び怒り顔になった七郎を制して、栄三郎が応えた。

道場の名を出すのは控えた方が好いと思ったのだが、

「気楽流……、ははは、何だそれは……」

これを聞いて大柄が笑い出した。

大柄の乾分《こぶん》達も、機嫌を取るように笑った。

「お気楽な剣術を教えてくれるところか。のんびりと田楽を食っているおぬしらには似合いの流儀よの」

この五人は、少し前から栄三郎、新兵衛、七郎の姿を見かけていた。

見慣れぬ剣士風の三人が、日頃自分達が闊歩《かっぽ》している地域ではしゃいでいるのが、もうそれだけで気に入らず、そのうちに折を見て喧嘩を打ってやろうと思っていたのだ。

新兵衛は、田楽の串を持つ手を止めた。

日々精進《しょうじん》する気楽流の名を笑われて、さすがに気色ばんだのである。

新兵衛の威風は、既にこの頃から人を圧するものがあった。

その上背《うわぜい》は六尺《しゃく》（約一八〇センチ）ばかり、体は筋骨隆々《きんこつりゅうりゅう》としていて、剣術を修める者であれば、彼の強さは察しがつく。

しかし、相手の大柄も新兵衛を凌《しの》ぐ体格をしていた。おまけに人数は五人と三人。

気楽流何するものぞという自負があった。

大柄に次いで兄弟子風の小太りが、いざ喧嘩を売らんと、

「おい、何か言ってみろ、お気楽流」

七郎に近付いて、彼が手にしている田楽の串を、手ではたいた。

「あ……ッ！」

七郎の田楽は手から放れて、砂地に落ちた。

次の瞬間、へらへらと笑っていた小太りがその場に崩れ落ちた。

変幻自在の剣捌《さば》きが身上の七郎が、鉄拳《てっけん》と蹴《け》りを三発、目にも留まらぬ速さで見舞《みま》ったのである。

「おい、やめろ……」

栄三郎は尚《なお》も、目の前の一人に殴《なぐ》りかかる七郎を止めようとしたが、これを助けようとした一人が栄三郎に殴りかかってきた。

「やめろと言うのだ！」

栄三郎はそれをあっさりとかわしたが、たたらを踏んだそ奴《やつ》は新兵衛に勢いよくぶつかり、新兵衛もまた食べかけの串を地面に落してしまった。

「おのれ！」

新兵衛は、そ奴をむんずと摑《つか》むと、豪快に投げとばした。

こうなるともう止まらない。

栄三郎も、このどさくさに一発頬《ほお》を張られ逆上した。

「こ、こ奴め！」

大柄も劣勢を挽回《ばんかい》しようと、新兵衛に組み付いたが、気楽流は剣術だけではなく、柔、捕手などあらゆる武術を修めるものである。

新兵衛は相手の力を利用して、大柄を肩に乗せて見事に投げた。

大柄は傍《そば》の寺の塀を突き破って伸びてしまった。そしてその頃には、栄三郎も七郎も、残る二人を地に這《は》わせていたのである。

「お見事！」

豆腐田楽の屋台のおやじは、快哉《かいさい》を叫んだが、栄三郎、新兵衛、七郎の三人は、その声に我に返り、

「しまった……」

とばかりに顔を見合った。

三

「まあ、あの時は確かにやり過ぎたかもしれん……」

三十九歳となった栄三郎が嘆息《たんそく》した。

同年の新兵衛と七郎も頷いて、

「あの時はおれも、まさかあ奴が寺の板塀を突き破るとは思わず……」

「いやいや、初めに手を出したのはこの七郎だ。おれがいけなかったのだ」

口々に回顧《かいこ》して渋い顔をした。

「誰が悪いわけでもないさ。なけなしの銭《ぜに》で買った田楽を砂地に落とされて、気楽流を笑われたのだから、十七のおれ達が怒るのも無理はなかったと思う」

栄三郎は噛み締《し》めるように言った。

「まあ、それはそうだな……」

新兵衛の表情が綻んだ。

「今思えば、とんでもないことをしでかしたわけだが、あの時のおれ達にとっては、許せぬことであった。何ゆえ、あの時あのような真似をしてしまったのか……。人はその繰《く》り返しをしながら、少しは大人になるのであろうな」

これを聞いて七郎も頬笑みを浮かべ、

「うむ、そうだな。さすがは新兵衛。岸裏道場の師範代になって、話す言葉に深みが出てきたようだ」

しみじみとして言った。

「何ゆえ、あの時、あのような真似をしてしまったのか……。そういう意味では、連城先生も、あの時おれ達に下した処分について、今ではそのように思っておられるのかもしれぬな」

栄三郎が続けた。

「さて、どうであろうな」

七郎は首を傾《かし》げた。

「あの剛直なお方は、今でも自分が下した沙汰《さた》に、誤りはなかったと思うておいでであろうよ」

皮肉を含んだ物言いに、栄三郎と新兵衛は小さく笑った。

絡んできた五人の剣士達を、徹底的に叩《たた》き伏せた三人であったが、寺の塀を壊した上に、しばらく身動きもままならぬほどに、相手を痛めつけてしまった。

盛り場の外れとはいえ、近くは人通りも賑やかなところであったから、若者達の喧嘩を目撃した町の衆も多く、そのままではすまなかった。

幸いにも、豆腐田楽の屋台のおやじを始め、喧嘩の様子を見ていた連中は、栄三郎達に好意的で、

「まあ、売られた喧嘩を買ったという様子でございましたよ」

と、三人の肩を持ったから、若者同士のよくある喧嘩ということに収まった。

相手の五人は、飯倉片町《いいぐらかた》で神道流《しんとう》の道場を開く、柏原盛之助《かしわばらもりのすけ》という剣客の門人であった。

岸裏伝兵衛が不在の間は、連城睦太郎が栄三郎、新兵衛、七郎の後見人となっていたので、睦太郎は柏原を訪《たず》ねて詫びたのだが、

「いやいや、某《それがし》の弟子共が不甲斐《ふがい》ないのでござる。聞けば気楽流を嘲笑《あざわら》ったとか、それで怒らぬ門人はおりませぬ。こちらの方こそ、嫌《いや》な想いをさせてしまいました。

お許し願いたい……」

柏原は、睦太郎に輪をかけた剛直な男で、来訪に恐縮していたという。

それから考えると、栄三郎、新兵衛、七郎の三人は、きつい叱《しか》りを受けるだけで済まされてよいはずであった。

しかし、睦太郎が三人へ下した処分は思いの外《ほか》に重かった。

十日の間の謹慎《きんしん》並びに、写経を課せられ、あろうことか、樋口道場での稽古に出るのを禁じられたのだ。

「喧嘩の儀《ぎ》につきましては、深く悔《く》いておりまする。何卒《なにとぞ》、樋口先生の稽古に我ら三人を……」

三人で床《ゆか》に額《ひたい》をこするくらいまでに懇願《こんがん》した。

だが、睦太郎は許さなかった。

京橋太田《おおた》屋敷にある樋口道場へ自らが出向き、門人の不祥事による懲罰《ちょうばつ》としての不参加を申し出て、不調法を詫びたのである。

「何故《なぜ》だ……」

栄三郎達三人は、悔《くや》し涙を流した。

樋口十郎兵衛に指南を受けるために、連城睦太郎に習い、馬庭念流の型などを会得したというのに、この一月間の苦労は何であったというのだ——。

やがて岸裏伝兵衛が旅から帰ってきて三人は本所の道場での暮らしに戻るのだが、

「この度のことは忘れてしまうがよい」

伝兵衛は、この一件については叱らず、三人の門人にこう言った。

「身から出た錆《さび》であることは疑いもない。何かをやらかせば、けじめをつけねばならぬ。十年もたてば、笑い話となろう」

それきり、師はこの一件については何も触れなかった。

三人もまた沈黙した。

伝兵衛に窘められる前に、連城道場で睦太郎の妻女・利津に諭《さと》されてもいたのだ。

利津は、睦太郎が下した処分は確かに厳し過ぎるものだと思う。だが、真に樋口道場での指南を受けたいと思うなら、大事の前の小事にこだわらず、相手が何と言ってこようが聞き流すだけの覚悟がいるのではないだろうか。

「また、五人組を叩き伏せたことについて恥じる覚えがないのなら、どんな目に遭《あ》おうがどんと構えていればよいではありませんか……」

利津はそう言ったのだ。

姉のような存在で、いつも三人を支えてくれた彼女の言葉は、三人の胸の内にすんなりと入った。

言われてみればその通りであった。

樋口道場での稽古に臨む意欲が頼りないものであるからこそ、簡単に喧嘩騒ぎを引き起こしたのであろう。

そもそも、三人は何を求めていたのであろう。

剣術の神髄《しんずい》を体感《たいかん》したいという想いよりも、当代一の遣い手と名高い、樋口十郎兵衛の御意《ぎょい》を得たいという浮ついた想いが先に立っていたのではなかったのか。

そして、どんな裁《さば》きを受けようが悔いはないという想いで、許されない侮辱《ぶじょく》を与えた相手と戦ったはずであった。

連城睦太郎は、他流派の三人が樋口道場での稽古に、加われるよう尽力してくれた。それは確かなことであった。

「我が門人には、あの三人ほどに出来の好い者はおらぬゆえ、連れて行くわけには参らぬ」

そう言って、自分の弟子は誰一人教授してもらえるよう頼まなかったにも拘《かかわ》らずである。

睦太郎にすれば、その想いを踏みにじられたという気になったのであろう。

――そもそも縁がなかったのだ。岸裏先生の仰《おお》せの通り、忘れてしまおう。栄三郎、新兵衛、七郎の三人は、各々自分にそう言い聞かせて、岸裏道場での稽古に励んだのである。

その、互いに共有した想いが三人の友情を深めたと言える。

伝兵衛もまた、まだ大人になり切れていない三人を、修行のひとつとはいえ、他所に預ける愚《ぐ》を悟《さと》り、それからしばらくの間、旅は控え、じっくりと愛弟子に剣客として生きていくための極意を教え込んだ。

人との接し方や、勝った相手への気遣い、方便《たつき》を立てていくことの難しさ、上手に喧嘩をする方法――。

その暮らしを通して、秋月栄三郎、松田新兵衛、陣馬七郎は大きく成長していったのである。そして喧嘩の一件の後は、伝兵衛も睦太郎も互いに多忙な日を送るようになり、両道場の行き来はめっきりと少なくなった。

伝兵衛も、三人を睦太郎の傍へは近付けぬようにと配慮をしたようだ。

今はもう昔話とて、昨日は久し振りに連城睦太郎の近況などを栄三郎と新兵衛の前で語った伝兵衛であったが、

「栄三郎と新兵衛にとっては、あまり好い思い出もなかったのう……」

と、すぐに話題を変えたところを見ても、三人が睦太郎に対して、未《いま》だにわだかまりを抱《いだ》いていることに気付いていた。

師ゆえに、愛弟子の感情の動きは手に取るようにわかるようだ。

実際、栄三郎、新兵衛ともに、二十二年前の喧嘩の一件については、納得しつつも尚、心の奥底に晴れぬ想いを抱いていた。

この日、七郎と会って、彼も同じ想いであると確かめ合って、三人はそれぞれほっとしたのだが、さてここで気になるのが〝銀煙管〟の一件であった。

栄三郎が言い出した悪戯で、三人が溜飲を下げたというこの思い出はいったい何なのであろうか。

四

麻布市兵衛町で大暴れをした後、謹慎と写経を強《し》いられた栄三郎、新兵衛、七郎は、岸裏道場に戻るまでの間、悶々《もんもん》として暮らした。

樋口道場での稽古に加わるという目標がなくなったとて、激しい稽古にもまれれば、嫌な想いからは一時逃《のが》れられたかもしれなかった。

それが、稽古場の掃除や竹刀《しない》、防具の手入れと写経だけの暮らしは、かなり応えた。

写経をすることで精神を鍛《きた》える。

分別くさい大人はすぐにそんなことを考えるが、十七歳の三人には堪《たま》らなかった。

利津に諭されて得心《とくしん》はしたものの、心を落ち着かせて文机《ふづくえ》に向かったとて、経典の意味などよくわからない。じっと物を思うと、おれ達は何も悪いことをしていないはずなのに、どうしてこんな憂《う》き目《め》を見なければならないのか――。

そんな想いがかえって募《つの》るのである。

日頃どっしりとして、何事にも動じない新兵衛も、やはり十七歳の若者であった。

精神を鍛えようとすればするほど、不機嫌になっていった。

七郎も同じで、初めにあの絡んできた小太りを伸してしまったのが自分であるだけに、虚《むな》しさが込み上げてきて仕方がなかった。

こんな時、何か楽しみを見つけようとするのが栄三郎であるのは、その頃から変わらなかった。

ある日、稽古場を掃除していると、

「おい、好《い》い物が縁側《えんがわ》の下に落ちていたぞ」

と、栄三郎が新兵衛と七郎にニヤリと笑った。

その手には、銀煙管が握られてあった。

「何だそれは……。ああ、連城先生の銀煙管か……」

新兵衛が仏頂面《ぶっちょうづら》で応えた。

睦太郎と気性が似ていると、その頃は栄三郎と七郎に、何かというと責められていたので、新兵衛の不機嫌は極まっていた。

「おれは煙管など一生使わぬぞ」

新兵衛は吐《は》き捨てるように言った。

睦太郎と似ているなどと言うが、体に好いとも思えぬ煙草《たばこ》を嗜《たしな》む睦太郎とはまるで違うのだと言いたげであった。

睦太郎は、暴飲暴食のない男であったが、なかなかの煙草好きで、神田鍛冶町《かんだかじ》一丁目の煙管師・平次郎《ひらじろう》の作だという銀煙管を愛用していた。

会話の糸口が見つからない睦太郎には、銀煙管を遣っている時に傍へ寄り、

「それは結構な煙管なのでしょうねえ……」

と、感心してみせればよかった。

「うむ、何事にも不調法ゆえ、何かひとつくらいは誇《ほこ》れる物があってもよいと思うて

な」

そう言って少しはにかみながら、煙草はあまり勧められるものではないが、人間何かひとつくらいは無駄や遊びがあってもよいだろうと語り始めるのであった。

睦太郎にとっては大事な煙管であるはずだが、

「それを取り落とすとは、随分と油断だな……」

七郎は少し嬉《うれ》しそうに言った。

その日は朝から出稽古があるとのことで、睦太郎は出かけていた。

出稽古先には、煙管を持参せぬのが睦太郎の決まり事であったのだ。

利津も今は、届け物があるとかで道場を出ていた。

他の門人も、まだ姿を見せておらず、稽古場には栄三郎達三人しかいなかった。

これが栄三郎の悪戯心をくすぐったのである。

「人には、己が油断を戒《いまし》める時がなくてはならぬ。ゆえに、しくじりもまた己の薬となるものなのだ」

栄三郎は銀煙管を掲《かか》げてしかつめらしい表情で言った。

それは睦太郎の口癖であった。

「先生も、この油断を忘れてはいけないのではないのかな……」

栄三郎はまたニヤリと笑った。

「どうするつもりだ」

何かを企《たくら》んでいる時の栄三郎はすぐにわかる。新兵衛は探るような目を向けた。

「大事な物を失う哀《かな》しみを味わっていただいた方が先生のためになるというものだ」

栄三郎はこの銀煙管を隠してしまおうというのである。

「うむ、それは先生にとってよいことだな」

これに七郎が乗った。

「おい、そんな子供騙《だま》しをして何がおもしろいのだ」

新兵衛は相変わらず不機嫌であったが、

「いいんだよ。どうせおれはまだ悪戯好きの子供だからな」

栄三郎がおどけてみせても、いつものように、

「よせ、おれは許さぬぞ！」

とは言わず、黙って拭《ふ》き掃除を始めた。

「新兵衛大王のお許しを得たぞ」

栄三郎は七郎に笑った。

「どこへ隠す」

七郎は退屈極まりない日常に風穴を空けたかったのであろう。彼もまた、たちまち悪戯小僧の顔になった。

日頃は何事にも理路整然《りろせいぜん》と考えて取り組むのが陣馬七郎なのだが、一旦たがが外れると、どこまでも突き進まねば気が済まなくなるのがこの男の欠点であり、男としての愛敬《あいきょう》であるのだ。それは、この頃からまったく変わっていない。

ましてや七郎は、栄三郎が悪戯や企み事にかけては素晴らしく知恵が働くのを知っている。こんな時は、その手はずに任せておけばよいのだから楽しくて仕方がない。

「この床下に潜《もぐ》って、ちょうど稽古場の見所《けんじょ》の下に当たるところはどうだ」

「なるほど見所の下に埋めるのか」

栄三郎の発案に、七郎は声を弾《はず》ませた。

「日頃、弟子達に厳しい言葉を発している見所の下に、愛用の銀煙管が埋まっているとも知らずに先生は……。ははは、こいつはおもしろい」

「おもしろいだろ」

栄三郎は満足そうに頷いた。

「そんなことを言っている間に、誰か来るぞ」

廊下を拭きながら新兵衛が言った。

この一言によって、新兵衛は後に栄三郎と七郎に、

「おれと七郎が縁の下に潜って銀煙管を埋めて……」

「その間、新兵衛が誰か来ないか見張ったのだな」

と言われ共犯にされることになるのだが、三人は偶然に見つけた銀煙管を、偶然に三人しかいない間に見所の床下に隠してしまったのである。

それが、彼ら三人が共有する〝銀煙管の一件〟であった。

もう四十近くになった三人が今思うと、まったく子供の悪戯もいいところで、しかもかなり性質《たち》が悪い。

それでも、十七歳であった彼らにとって、反省と懇願を認められず、樋口道場への稽古に行かせてもらえなかった無念を晴らすにはこんなことでもして密かに溜飲を下げるしかなかったのだ。

「明後日、あの道場が取り壊されるわけか……」

栄三郎は、若かった日の自分を思い出し、少しばかり感傷に浸った。

新兵衛と七郎も溜息《ためいき》をついて、窓の外をぼんやりと眺めた。

「何度か床を張り替えたり、手を入れたと聞いたが、思えば火事にも遭わず、今まで

よく保《も》ったものだな」

　やがて新兵衛が口を開いた。

「まったくだ」

　七郎が相槌を打った。

「取り壊しになると聞いて思い出したよ。そういえばあの稽古場の床下には、銀煙管が埋まっているんだとな」

　栄三郎は忘れてしまっていたと言ったが、

「おれは時折思い出していたよ」

「おれもだ……」

　七郎と新兵衛は口々に言った。

「すまぬことをしたと思っていたかい」

「おれはそうは思わぬ」

　七郎は即座に応えた。

「情けない話だが、あの時のことを思うと、利津殿が何と申されようと、やはりおれは腹が立つ。剣で身を立てる者としては、一度だけでも樋口十郎兵衛先生の指南を受けてみたかったと思う。新兵衛、そうではないか」

「それは確かに思う」

あの一件があってからは、しばらくの間、他流の道場での稽古に加わることは出来なくなった。

そうこうするうち、樋口十郎兵衛は逝去《せいきょ》して、三人が十郎兵衛に直に声をかけてもらえる機会はなくなってしまった。

泰平の世となれば、剣術界では、どれだけの達人と会っていて、共に稽古をしたかが物を言う。

肩書きのひとつを失ったのは真《まこと》に痛恨の極みであった。

自慢げに樋口十郎兵衛の偉大さを語る剣術師範を見る度に、その傷がうずくのだと七郎はいうのだ。

新兵衛にはその気持ちがよくわかる。

叩き伏せた相手が通っていた道場の柏原盛之助という師範も、当方の弟子の非と認めてくれたという。

きつく叱った後、せめて稽古には行かせてくれてもよかったのではないか。

今の自分が睦太郎の立場であればきっとそうするであろう。

三人共に弟子を持つ身となったが、一様にその想いは拭《ぬぐ》えない。

「では、おれ達三人は、煙管を隠すなどと馬鹿げた悪戯をしでかしたが、それもあの頃を思えば仕方がなかった。そういうことだな」

栄三郎は、新兵衛と七郎の気持ちを確かめた。

二人はこっくりと頷いた。

「だが、道場を取り壊した時に、あの銀煙管が土の中から出てくるかどうか、それが気になるな」

二人はしっかりと頷いた。

実際のところ、もう二十二年前のことであるから、この腹立ちも思い出のひとつとなっている。

日々の暮らしに何の支障をきたすものでもない。

しかし、銀煙管の行方は現実であった。

道場を取り壊した時に果して出てくるのであろうか。また、地中から出てきた時、それが睦太郎の手に届いたとすれば、その時睦太郎は何を思うのか。

——あの時の三人が隠しよったに違いない。

などとはまさか思うまいが、興をそそられる。

栄三郎の記憶では、あの一件の後、岸裏道場に戻った三人は、伝兵衛を訪ねて来た連城睦太郎に三度ばかり顔を合わせていた。

いつの時も、

「励んでいるようだな」

と、睦太郎はどこか叱りつけるような、いつもの物言いで声をかけてくれた。

その内のいつかは忘れたが、栄三郎はつい堪らなくなり、

「先生は相変わらず、出稽古の折には、あの銀煙管をお持ちにならないのでござりまするか」

と、訊ねたことがあった。

睦太郎は何ともいえぬ困った表情を浮かべ、

「ああ、あの銀煙管か……。あれは、今はもうないのだ」

「今はない……、と申されますと」

「日頃はほとんど持ち歩くことはないのだが、どういうわけか見当たらぬでな」

「それはまた残念でございます……」

「まだまだ物忘れがひどうなる歳ではないと思うのだが、困ったものよ」

「忘れた頃に、ふっと出てくるのでござりましょう」

「そうだな。失《う》せ物とはそのような物であろうの」

その折は、栄三郎と話すうちに、気をよくして帰っていったように覚えている。

――ざまあみさらせ。

という想いと、

――ちょっとかわいそうなことをしたかもしれんな。

という想いが交錯した、いずれにせよあまり好い気分ではなかったように思われる。

その様子を近くで見ていた新兵衛と七郎も、複雑な表情を浮かべていた。

一旦、縁の下に潜って埋めた物を、再び掘り返すことなど出来るはずもなく、二十二年が経《た》ったが、思い出に新たな一場が付け足されるのであろうか。

「とにかく、明後日、覗《のぞ》きに行ってみるか……」

栄三郎の提案に、新兵衛と七郎は、また大きく頷いたのであった。

五

麻布谷町の連城睦太郎の道場は、その二日後の朝五つ（午前八時頃）に取り壊される運びとなった。

この辺りの事情は、又平がひと走りして調べてくれた。

栄三郎はその日の内に、新兵衛と七郎に繋《つな》ぎをとった。

これも又平が動いてくれた。

昨日栄三郎は、手習い道場に戻ってから、又平に二十二年前の一件をじっくりと語り聞かせた。

「う～ん、なるほど、そいつはまたおつな話ですねえ。旦那《だんな》にも先生方にも、そんな若《わ》え頃《け》があったんでやすねえ」

又平は思いの外に感じ入って、あれこれ精を出して、栄三郎の遣いを果してくれたのだ。

陣馬七郎は主持ちの身であるが、剣術指南役としての出仕《しゆつし》であるから融通が利いた。

松田新兵衛はというと、岸裏道場の師範代の立場で、これも適当な理由を考えればよいことなのだが、中途半端に嘘《うそ》をつくと、感性鋭き新妻のお咲が勘繰《かんぐ》るやもしれない。

ここは堂々と、

「かつて学んだ稽古場でござりますれば、名残《なごり》に一目見ておきとうござります」

と、伝兵衛に申し出た。

伝兵衛はこれを聞くと、

「左様か、それはよい。栄三郎と七郎も一緒であれば尚よい。名残を惜しんで参るがよい。あれこれと昔話など物語りながらのう」

と、大いに喜んだ。

そして、連城睦太郎は、このところ多忙で立会うこともないであろう、伸び伸びと見物をすればよいと付け加えたという。

伝兵衛は、三人のかつての悪巧《わるだく》みに気付いていたのかもしれなかった。

お咲も、三人がそこまで取り壊される道場に思い入れがあるのには、特別な理由があるのではないかと薄々思っているはずであるが、男三人の思い出には立ち入ったところで虚しいだけだと達観しているのであろう。当日はただにこやかに送り出した。

〝手習い道場〟に集まってから、三人は麻布を目指した。

今では先生と呼ばれる身となった三人が、悪戯で隠した銀煙管の顚末《てんまつ》を見届けに、いそいそと集まって出かけるとは、どうも決まりが悪かったが、麻布谷町への道中、

「懐かしいな……」

栄三郎がぽつりと言うと、新兵衛も七郎も小さく笑った。

汐見《しおみ》坂から榎《えのき》坂へ。

大名屋敷に囲まれた道を、若い頃は何度も歩いて、連城道場へ向かったものだ。

「あの頃は、大きな屋敷が何やら物々しゅう見えたものだが」

新兵衛が、堂々たる足取りで辺りを見廻《みまわ》せば、

「まったくだな。若い頃に見た物は、何故《なにゆえ》大きく見えるのであろうな」

七郎も味わい深い物言いで続けた。

岸裏道場では竜虎《りゅうこ》と称された二人は、立派な剣客となった。

腕の確かさだけでは大成しないのが剣術界の厳しさである。

それを思うと、栄三郎は嬉しくて堪らない。

二人はいつも自分よりひとつ上の境地にいた。そして、野鍛冶の倅である自分を対等に見てくれたし、その限界をも教えてくれた。

この二人がいたればこそ、自分は市井《しせい》に生きて、剣を活《い》かそうとふん切りがついたのである。

それゆえ、新兵衛と七郎が剣客として大成していなければ、己が矜持《きょうじ》に拘《かか》わることなのだ。

三人で頻笑み合いながら、かつて学んだ道を歩く。

この心地好さを得るために、若き日の血と汗があったのかもしれない。

そんな感傷が栄三郎の胸をよぎった。

やがて稲荷社の鳥居《とりい》が見えた。

その手前に連城睦太郎がかつて開いた道場がある。足早に近付くと、

〝気楽流剣術指南〟

と木戸門の脇に控えめな字で掲げられていた看板は見当たらなかった。

門に続く板塀がすっかり焼け落ちているゆえ、見すぼらしいので取り払ったものだと思われる。

塀に続く庭には、焼けこげた塀の残骸《ざんがい》が積まれ、その向こうの板壁も焼けていて、今にも崩れそうな有りさまであった。

「思ったよりもひどいな……」

栄三郎は、新兵衛と七郎を促《うなが》して、庭から道場の裏手に回った。

そこが庭に面した廊下になっているのだが、今は雨戸が下ろされていて、中は見えなかった。

しかし庭に続く庭石が、かつてそこで栄三郎が、睦太郎愛用の銀煙管を見つけたのだと思い出させてくれる。

「その横から、おれと七郎が床下に潜り込んだのであったな」

「ああ、あんな蜘蛛《くも》の巣だらけのところによく入ったもんだ」

七郎は縁の下を覗き込みながら、少し顔をしかめてみせた。

「今なら金をもらってもごめんだな。それで、そこの廊下に新兵衛がいて、見張りをしたんだ」

「待て、おれは見張りなどしておらぬ。早く出てこぬと人に見つかるぞ、そう言っただけだ」

「それが見張りをしていたってことだよ。新兵衛、若い頃の悪戯だ。笑い話にして素直に認めろ」

「何を言う。見張りというものは、辺りを見廻して、人が来ないか目を光らせることを言うのだ。おれは違う」

「何が違うのだ」

「おれは黙って拭き掃除をしていたのだ」

「そうか。ならばお前は、悪いのはおれと七郎で、自分は何も悪いことはしておらなんだ、そう言うのだな」

「何もそんなことは申しておらぬ！」

「おいおい、言い争っている場合か。誰か向こうにいるぞ」

七郎が栄三郎と新兵衛を宥めて耳を澄ました。

二人も口を噤んでこれに倣うと、庭のさらに向こうで誰かが話す声がする。

「まさか、連城先生では……」

栄三郎が首を傾げた。

「いや、岸裏先生から、連城先生は御用繁多《はんた》でお越しにならぬと聞いたが」

三人は、息を殺して先に進んだ。

すると、焚火《たきび》の向こうに鳶頭《とびがしら》と思われる男と、一人の老武士が語らっていた。

正しく、連城睦太郎であった。

髪にはめっきり白い物が増えたが、肩幅の広い、引き締まった体は健在と見えた。

思わぬことに息を呑《の》む三人であったが、さすがに剣術師範である。人の気配などはすぐにわかる。

「おう、これはまた嬉しいことじゃ」

目敏《めざと》く三人の姿を認めて、睦太郎は穏《おだ》やかな声を投げてきた。

三人は、その場から逃げ出したかったが、これでは身動きもままならなかった。

「お久しゅうござりまする」

口々に挨拶の言葉を口にして、その場で畏《かしこ》まった。

連城睦太郎の前では、たちまち十七歳の頃に戻ってしまうのである。

その様子が余ほどおもしろかったとみえて、睦太郎は高らかに笑った。

こんな御仁《ごじん》であったのか――。

丸みを帯びた声と言葉の調子が、栄三郎達を戸惑わせた。

「そんならあっしはひとまずこれで……」

鳶頭は、俄《にわか》に現れた強そうな三剣客に気圧《けお》されたようで、睦太郎と三人に頭を下げると、そそくさと立ち去った。

「岸裏先生から聞き及んだのかな」

睦太郎は、三人を焚火の傍へと手招きすると、問いかけた。

「はい。今日取り壊されるとお聞きしまして、一目見ておこうと」

新兵衛が応えた。

「それはまた、忙しいところを申し訳ないことでござった」

睦太郎は威儀《いぎ》を正した。

今日は、松平邸での用が俄になくなり、ここに来られたのだという。

「左様でございましたか……」

栄三郎は内心慌てながら、平静を取り繕《つくろ》った。

「先生にもお会いできてよろしゅうございました」

七郎は心にもないことを言っている。

久し振りに見る連城睦太郎は、すっかりと好々爺《こうこうや》風になっていて、三人はさらに面《めん》喰《く》らったのである。

「長く会《お》うておらなんだが、そこ許《もと》達の盛名は聞いておりますぞ。新兵衛殿は方々から出稽古を頼まれ、岸裏道場を継ぐ立派な師範代になっているとか」

「畏れ入りまする……」

「七郎殿は、諸国行脚《あんぎや》の後、持筒頭《もちづつがしら》をお務めになられる椎名様に、剣術指南役として迎えられた」

「はい……」

「栄三郎殿は、手習い師匠の傍《かたわ》らで町の衆に剣術を教え、近頃では永井勘解由様の奥向きの武芸指南に請《こ》われたそうで……」

「わたしのことまでそのように……」

栄三郎は恐縮した。

「そこ許らのことはいつも気になっていた。あのような苦い思い出があるゆえ尚さらじゃ」

睦太郎は、しみじみとして言った。

睦太郎があの一件を覚えていたことが、栄三郎達をしんみりとさせた。

「このわたしも、若い頃はよく喧嘩をしたものだ。話を聞けば相手が怪《け》しからぬのは明らかであった。きつく叱るだけでよいとも思うた。だが、この連城睦太郎は、三人を兄弟子から預かる身であった。喧嘩両成敗を若い三人には確《しか》と教えねばならぬ。男なら何かしらけじめをつけねばならぬことものう」

このように穏やかに言われると辛《つら》かった。

自《おの》ずと三人は俯《うつむ》き加減となる。

さらに睦太郎は、

「おまけに、そこ許らと喧嘩をしたあの五人は、破門になった」

と、三人が今初めて知る事実を告げた。

「破門に……」

栄三郎、新兵衛、七郎は、思わず顔を上げた。

「その中の二人は、そこ許らと同じように、樋口十郎兵衛先生の稽古に出ることになっていたというではないか。それでは、こちらもお咎《とが》めなしというわけにもいくまい」

「知りませなんだ……」

七郎が嘆息した。

「こんな話は若い三人には報《しら》せぬ方がよいと思うての。まあ、あの時のことは許してくだされ……」

睦太郎は大きく息を吐くと、決まり悪さを隠すように、道場をゆったりと見て廻った。

栄三郎達三人はそれに付き従いつつ、隙《すき》を見つけて囁《ささや》き合った。

「おい、おれ達はとんでもない思い違いをしていたようだぞ」

「栄三郎、おれ達とは何だ。おれは黙って雑巾《ぞうきん》がけを……」

「新兵衛、往生際《おうじょうぎわ》が悪いぞ」

「二人共そんな喧嘩は後にしろ。どうする……。これから縁の下に潜り込んで掘ってみるか」

「まず正直に言って詫びた方がいいのではないか」

「栄三郎の言う通りだ。おれも、もちろん一緒に詫びる」

そんなことを言い合っているうちに、睦太郎はまるで三人の話に気付かぬ様子で、再び焚火の傍へと戻ると、煙管を取り出し煙草を詰《つ》めた。そして、枯れ枝に火を付け、それで火を点《つ》けると、美味そうに一服つけた。

「おい……」

栄三郎が、新兵衛と七郎の間に入って二人の肩を突《つつ》いた。

睦太郎の手には銀煙管が握られていたのだ。

新兵衛と七郎も目が丸くなった。

随分昔のことであるから記憶も定かではないが、あの思い出深い銀煙管の色や形は瞼《まぶた》の裏に焼き付いている。

今、睦太郎が使っている煙管は、どうもあの銀煙管に見えるのだ。

三人は顔を見合わせて、

「お前が訊《き》いてみろ……」

と、目で言い合った。

こんな時は結局、栄三郎が訊くことになる。

「あの……、先生、その煙管は、もしや先生がかつて御愛用のものでございまするか」

恐る恐る訊ねると、

「ははは、よく覚えていたものじゃな。それほど自慢しておったかな」

果して睦太郎はそうだと言う。

「確か、どこかに落してしまわれたと仰せであったような……」

「左様、それがな。随分と経ってから、簞笥《たんす》と壁の隙間に落ちていたのが見つかってな」

睦太郎は、にこりとして銀煙管を掲げてみせると、火皿の灰を落した。

三人は呆気《あっけ》にとられた。

床下に埋めたあの銀煙管が簞笥と壁の隙間に落ちていたとはどういうことなのであろうか。

いかな知恵者の栄三郎でも、咄嗟《とっさ》に意味がわからなかった。

詫びる間を逸《いっ》した三人は、どうすればいいのかわからず、

「それはよろしゅうございました……」

とだけ告げて頭を捻《ひね》った。

睦太郎は三人の困惑を知るや知らずや、銀煙管をしまうと焚火の火を消して、

「朝から取り壊すはずが、鳶の頭が言うには、他所《よそ》の方で手間取り人手が集まらず昼過ぎになるそうな。どれ、その間、わたしの住まいで一杯やらぬか。利津も喜ぼう」

と、誘った。

「それは忝《かたじけの》うござりまするが……」

「お邪魔でございましょう」

七郎、新兵衛は、どうしてよいやらわからず、言葉を濁《にご》したが、

「三人共に、すぐ帰らねばならぬわけでもござりませぬ。ありがたくお招きに与《あずか》りましょう」

栄三郎は、誘いを受け、二人を促した。

ここはとことん睦太郎につき合い、話を聞くしかなかろう。

確かにそうだと、二人も同意した。

「ありがたい。まず案内いたそう」

睦太郎は満面に笑みを浮かべて、道場を後にした。

三人は狐《きつね》につままれたような心地で、睦太郎に従った。

懐かしさに、昔通った道場に来てみれば、戸惑いと驚き、大きな謎《なぞ》に踊《おど》らされるばかりであった。

あの日、喧嘩した五人組が破門になり、そのうち二人が、自分達と同じく樋口道場の稽古に行けなくなった――。この事実は岸裏伝兵衛の耳に入っていたのであろう

か。

　知っていたとすれば、

「それゆえ睦太郎は、お前達を罰したのだ」

　そう告げてくれたらよかったものを……。

　いや、他人のことはいい。相手がそうなったから自分も堪えねばならないという発想自体が戒《いまし》めになっていない。

　その想いを込めて、

「こ度のことは忘れてしまうがよい」

　伝兵衛は三人を叱らずに、それだけを伝えたのかもしれぬ。こんな話はいつかわかるものだと願いつつ。

　栄三郎は、新兵衛も七郎もきっと同じ想いのはずだと、ちらちら二人の顔を見ながら、こんなことを頭に描いていた。

「いやいや、かつての弟子共とくれば何が忙しいのやら知らぬが、道場を取り壊すとて誰が見に来るわけでもない。それが、岸裏道場の三羽烏《さんばがらす》がこうして見取りに来てくれるとは、世の中は長《なご》う生きねばなりませぬのう」

　連城睦太郎はというと、相変わらず上機嫌で、健脚ぶりを発揮していた。

日射《ひざ》しが強くなってきた。昼からは春の暖かさとなるようだ。

六

連城睦太郎の住まいは、日比谷《ひびや》御門内にある、松平家の御長屋にあった。

秋月栄三郎、松田新兵衛、陣馬七郎を、得意げに連れ帰った睦太郎は、

「利津、懐かしい御仁をお連れしたぞ」

妻女の利津に酒肴《しゅこう》を調《ととの》えるように言い付けると、

「ちと顔を出さねばならぬところがござってな。すぐ戻るゆえ、まず寛《くつろ》がれるがよろしい」

慌しく、一旦御長屋から出ていった。

「ほんにお珍しい……」

利津は大いに喜んで、女中に手伝わせて酒肴の用意に立ったが、

「御新造様、まずお話をさせてくださりませ」

栄三郎がそれを呼び止めた。

「左様でございますね」

利津はからからと笑って、台所のことは女中に任せ、三人との久し振りの再会を祝った。

二十二年前と比べれば、さすがに皺が増えたが、はきはきとした闊達な様子は健在で、それが彼女を歳よりずっと若く見せていた。

かつては姉のような存在であったが、今では歳下に思えるほどだ。

栄三郎は、睦太郎が席を外したのを幸いに、利津に訊きたいことがあれこれあったのだ。

思えばあの一件以来、利津とは会っていなかったのだが、その空白を思わせない彼女の歓待ぶりが、三人の緊張を随分とほぐしていたのである。

「色々と身の回りの話をお伝えせねばならぬのですが、まずお訊きしたいことがござります る」

栄三郎は少し逸《はや》りながら言った。

「何なりと……」

利津はにこりと笑った。栄三郎の問いを予想していたかのように見えた。

「連城先生の銀煙管のことにござりまする」

「はい……」

「先生はなくした銀煙管が、随分と刻《とき》が経ってから、箪笥と壁の隙間に落ちていたのに気付いたと申されましたが、それを見つけたのは御新造様であったのではございませぬか……」

新兵衛と七郎は、息を呑んで栄三郎を見ている。

「はい。わたくしが見つけて旦那様にお渡ししました」

「されどその銀煙管、本当のところは、縁の下の地中に埋められていたのではござりませなんだか」

「ほほほ、その通りですよ。誰の仕業《しわざ》かすぐにわかりました」

利津は堪《こら》えていた笑いをここで爆発させた。

「やはり左様で……」

利津は地中に埋められている銀煙管を見つけ、これはあの三人の仕業に違いないと察して、睦太郎には箪笥と壁の隙間に落ちていたと言い繕ってくれたのだ。

「申し訳ございませぬ……」

栄三郎、新兵衛、七郎は一斉《いっせい》に頭を下げた。

「ふふふ、よいのですよ。随分と笑わせてもらいましたから。あの頃、お三方が無念を晴らすとすれば、あのような悪戯しかなかったことでしょう」

「いや、そうだと申しましても……」

「そもそも旦那様がきちんとしまっておかれぬのがいけないのです。あのお方は生真面目だけが取り柄のようなものなのに、忘れっぽくていけません。あの煙管も何度どこへ置いたか失念して、おい利津、煙管を知らぬか、煙管を見なんだか……、そればかりで、わたくしも少しばかり腹が立っていたのですよ」

利津は顔をしかめながら笑ってみせた。その表情は少女のような若々しさで、栄三郎達三人を失笑させた。

「それにしても、よく縁の下から見つけられましたな……」

七郎が小首を傾げた。

「はい。あれは正に神仏のお導きかと今でも思います……」

あの事件から五年後のこと。

利津は、書類の虫干しを睦太郎から頼まれて、せっせと庭へ運んでいた。

すると、書物に挟《はさ》んであった一枚が、風に煽《あお》られて舞い上がり、どういうわけか縁の下に飛んでしまった。

大事な書類であれば、後でうるさく叱られる。

やれやれと思いつつも、そこは快活《かいかつ》な利津である。えいやと縁の下に潜り込んでみた。

するとと、少し先の地面が、何やら光っているように見えた。

だからといって、普段ならそこまで這っていってそれが何なのか、確かめる気など起こらぬものだが、

「その時は、どういうわけか気になって進んでしまったのです」

であったそうな。

すると、地面から金物が出ているように見えた。釘などではないような気がした。引きずり出してみると、煙管であったという。その時、利津の脳裏《のうり》に栄三郎、新兵衛、七郎の顔が浮かんだ。

鼠《ねずみ》が走り、猫が追いかけ、そのうちに地中から姿を覗かせたのか知らぬが、

「もう少し、深く穴を掘るべきでしたね」

僅《わず》かな隙を衝《つ》いて縁の下に潜り込み埋めたゆえに、余ほど焦《あせ》っていたのであろうと思われて、利津は縁の下で腹を抱えたという。

栄三郎、新兵衛、七郎は威儀を正して、よくぞそれを、我ら三人を庇《かば》った上で先生にお渡しくだされたと、平謝りに頭を下げた。

そこに酒肴を調えた女中がやって来た。女中は利津の前で身を縮める三人を見て不

思議そうな顔をした。その様子がおかしくて場が和《なご》んだ。

「さあさあ、何もありませぬが、少し飲んでお気を楽になされませ」

俄なおとないにも拘らず、なかなかの心尽くしであった。特に焼豆腐に味噌《みそ》を塗《ぬ》り炭火で炙《あぶ》った一品は、あの日三人で買い食いをした豆腐田楽の味が偲《しの》ばれて胸が熱くなった。

「お気を楽になされませ」

とはありがたかった。

恥ずかしさと、ありがたさが絡み合って、穴があったら入りたい気持ちが、酒で随分とほぐれてきた。

栄三郎、新兵衛、七郎はにこやかに頷き合って、自分達がこれから何をすべきかを確かめ合った。

そうするうちに、

「いや、お待たせいたしたな……」

睦太郎が御長屋へ戻ってきた。

その顔を見るや栄三郎は、

「御免！」

と、利津に座礼をしてから、

「先生！　どうぞお許しくださりませ。我ら三人はとんでもない考え違いをした上に、多大なる御迷惑をおかけしてしまいましてござりまする！」

新兵衛、七郎と共に平伏した。

睦太郎は、一瞬ぽかんとした表情を浮かべたが、すぐにこぼれるような笑顔となって、

「ははは、銀煙管のことなら気にせずともよろしい」

と言って腰をおろした。

「え……？」

驚いたのは栄三郎達だけではない。利津も口をあんぐりと開いて、主人の顔をまじまじと見た。

「先生は、気付いておいでだったのですか」

恐る恐る栄三郎が訊ねた。

「いや、何も気付いてはおらなんだ。利津がこれを見つけるまではな」

睦太郎は、少し勝ち誇ったような表情となり、愛用の銀煙管を取り出すと、これを掲げてみせた。

「貴方様《あなた》もお人が悪うございます……」

　利津が大きな溜息をついた。

「わかっておいでだったのですね」

「それはわかる。いくら不調法者の睦太郎とて、これがあの銀煙管でないことくらいはわかる。だが、せっかくのお前の心遣い、無にしてはならぬと思うての」

　睦太郎は労《いたわ》るように言った。

　栄三郎も俄には意味がわからず、利津と睦太郎の顔を交互に見た。新兵衛と七郎も同様であった。

「わたしがどこかに落した銀煙管を、そこ許らが拾って、あの一件の意趣返しにいずれかに隠した。それを利津が見つけたものの、その銀煙管はもはや遣い物にはならなかったのだな」

　睦太郎が問うた。

「はい、五年の間地中に埋もれておりましたので」

　利津が苦笑いを浮かべた。

「ほう、地中にのう……」

　思った通りだったようで睦太郎はほくそ笑んだ。

「申し訳ございませぬ……」

栄三郎達が口々に言った。

「それで、お前は同じ銀煙管がないか、求めてくれたのだな」

「はい。煙管師の平次郎さんを訪ねてお訊きしたら、寸分違《たが》わぬ銀煙管をもう一本拵《こしら》えてあって、できあがりが気に入ったゆえに自分がその一本を使っているというではありませんか……」

そこで、利津は理由を話して、その一本をやっとのことで売ってもらったのだ。

「五年の間、目にしていないとなれば、そういえばこんな煙管であったかと、信じ込んでしまわれると思いましたのに……」

利津は悪戯っぽく笑った。

栄三郎達は再び動揺の色を浮かべた。

「では、御新造様が、わざわざ金子《きんす》を払って、その銀煙管を……」

栄三郎が問うた。

「はい。そのことをお伝えしようかと思うたのですが、三人だけしか知らない秘事を持ち、何かの折には、かつての一件を思い出し懐かしむ……、そういう楽しみは、そのままにしてさしあげたいと考え直したのです」

「忝うございまする……」

若き日は、何度も道場には稽古をつけてもらいに行った。

あの折は、一月の間泊まり込んで世話になった。

だが、それだけのつき合いであったというのに、何たる厚情であろうか。

若い者を育てるには、好い気にさせて伸ばすばかりではなく、時に非情ともとれる躾《しつけ》をして、そっと陰で見守る――。長い年月をかけねばならぬのだ。

今や〝先生〟と呼ばれる三剣客は、若き日の甘く切ない思い出を辿《たど》りつつ、ひとつの教えを得たのである。

しばし三人は感じ入り、声を詰まらせた。

「せめてその銀煙管をお求めになられた時のお代を、我らに支払わせてくださりませ」

栄三郎が三人の総意を伝えた。

「それは、利津と話をつけてくだされ」

睦太郎は、照れ隠しに酒を呷《あお》った。

「と申しても、この者はいらぬと言うであろうがな」

利津は、その通りだという表情で、頭《かぶり》を振った。

「煙管のお代など安い物でございます。お節介を焼く喜び、わたくしもまた共に悪戯に加わっているという楽しさ。随分と長い間、好い想いをさせていただきました。その上、今日はまたご立派になられたお三方と、こうして昔話に興じられたばかりか……、旦那様が思いもかけず、わたくしを思いやっていてくださったことまでわかったのでございますから」

「これ、思いもかけずとは何じゃ」

連城夫婦はほのぼのと笑い合った。

「どうじゃな、岸裏道場の三羽烏殿。剣術の師範も、これでなかなか味わい深いものでござるぞ」

睦太郎のその言葉で、秋月栄三郎、松田新兵衛、陣馬七郎が、それぞれ己が戒めとし、友情を育《はぐく》む秘事として胸の内に抱き続けていた二十二年前の思い出が、今晴れ渡る春の空に、人生を彩《いろど》る光となって放たれた。

「さて、そろそろ鳶の連中も集まったことであろう。利津、お前も一緒に参るか」

やがて睦太郎に促されて、一同は再び麻布谷町の道場へと向かった。

外は風もなくぽかぽかと暖かく、このままどこかの川の土手で寝転びたくなる陽気であった。

五人は笑い合い、語り合いながら和やかに道を行く。

二十二年前に、この光景を誰が思い浮かべたであろうか。

やがて道場に着くと、そこには鳶の衆が、各々鳶口を手に、半纏《はんてん》、どんぶり、股引《ももひき》の勇ましい姿で集まっていた。

それだけではない。

地主の他に、かつてここで学んだ連城睦太郎の門人達の姿もあった。

その中には、栄三郎達とも面識のある者達もいた。

「何じゃ、来ておったのか……」

睦太郎は、方々から挨拶を受け、ぽっと頬を朱に染《そ》めて、いちいちそれに応えた。

栄三郎達も旧交を温めると、やがて鳶頭が見物の一同に恭《うやうや》しく頭を下げて、いよいよ取り壊しにかかった。

栄三郎は、睦太郎の目に光るものを見た。

――涙を浮かべることがこの先生にもあったのだ。

それは歳のせいなのか。それともまだ十七の自分には、まるで連城睦太郎の人となりが理解出来なかっただけなのだろうか。

鳶の衆は手際よく道場を解体していく。

潰《つぶ》されていく毎《ごと》に、不思議とその場その場の記憶が蘇《よみがえ》った。

思い出を共有する栄三郎、新兵衛、七郎は、その度に顔を見合って笑った。

そうして、ここに三人並び立って、思い出の道場の最後を見届ける幸せを噛み締めた。

「若い頃の思い出は、恥ずかしいことばかりだな……」

ぽつりと七郎が言った。

「それは、おぬしと栄三郎の素行がなっておらぬからだ」

「新兵衛、お前は本当に昔から堅物だったよな」

栄三郎にからかわれて、

「ああ、恥ずかしいほどにな」

怒ったように応える新兵衛の目は笑っていた。

やがて、縁の下の土が陽《ひ》にさらされた。確かあの辺りが見所の真下であったと思われるところに、拳《こぶし》大の石が置かれているのが明らかになった。

栄三郎、新兵衛、七郎は、思わず利津を見ると、利津はまた悪戯っぽく笑って、何度も三人に頷いてみせた。

第三章　付け払い

一

その日は昼から雨になった。

善兵衛《ぜんべえ》長屋の住人で瓦《かわら》職人の駒吉《こまきち》は、普請場《ふしんば》での仕事が取り止《や》めとなり、早々と家に戻った。

――久し振りに又平の顔を見に行くか。

善兵衛長屋は、秋月栄三郎が手習い師匠と剣術指南を務《つと》める〝手習い道場〟の裏手にある。

〝手習い道場〟には、栄三郎の裏看板である取次屋の番頭・又平が共に住んでいる。

又平と駒吉が無二《むに》の友であることは、今さら言うまでもないが、このところは瓦職の方が忙しく、すぐ近くに住んでいながらなかなか訪《たず》ねられずにいた。

手習いはそろそろ終る頃だ。

駒吉は傘《かさ》を片手に、長屋の露地木戸《ろじきど》を出て、表の通りへと回った。

雨音にかき消されて定かではないが、〝手習い道場〟の内から、栄三郎が子供達に教授している声が聞こえてきた。

終るにはまだもう少しだけ間があるようだ。

朝は降っていなかったので、子供に傘を持って来た母親や、身内の者の姿がちらほらと見えた。

連中は皆一様に出入り口で小腰を折りつつ、勝手知ったることと、次々に土間の内へと入っていく。

――もう、小半刻《こはんとき》（約三〇分）くれえしてから来るか。

間《ま》が悪かったと、踵《きびす》を返した時であった。

振り向きざまに一人の女と顔が合った。女は三十絡《がら》みで、髪は丸髷《まるまげ》に結《ゆ》い、地味目な留袖《とめそで》を着た様子は、下級武士、浪人の妻女の風である。

駒吉はこの女に見覚えがあった。

それは女の方も同じで、二人は互いに目を丸くして思わず立ち止まった。

「駒吉さん……ですか」

「おくみさん……だね」

二人は頷《うなず》き合ったが、後の言葉が続かず、しばし雨の中で傘をさしつつ立ち竦《すく》んだ。

「こいつは驚いた……」

やっとのことで駒吉がぽつりと言うと、

「十五年になりますかねえ……」

おくみは少しはにかみながら応《こた》えた。

「今は、子供の迎えですかい」

駒吉は、おくみの手に握られたもうひとつの小ぶりな傘を見て訊《たず》ねた。

おくみは、少し俯《うつむ》き加減で僅《わず》かに首を縦《たて》に振って、

「ここで娘が手習いに……」

「そうなんですかい……」

「まだこの辺《あた》りに越して来たばかりなのですよ」

「それで気付かなかったんですねえ。ここの秋月先生は好《い》いお方だから、そいつはよかった。いや、あっしもね、先生に剣術を教えてもらったりしているもんだから」

「剣術を？」

「ははは、ちょいとした道楽でね」

二人はぎこちない調子で言葉を交《か》わしたが、そのうちに〝手習い道場〟が騒がしくなり、中から子供達がぞろぞろと出て来た。どうやら今日の手習いも終ったようだ。

「早く、行っておあげなせえ。あっしはこれで……」

「あの、駒吉さん……」

「ごめんなすって」

駒吉は、何か言いたそうなおくみを残して、足早にその場を立ち去った。

すぐそこに長屋の木戸があるのだが、駒吉はそれをやり過ごし、ただゆっくりと歩いた。背中に自分を見送る女の気配が消えるまで。

やがてまた踵を返して来た道を戻ると、〝手習い道場〟にいた子供達はすっかりと帰ったようで、辺りには雨音ばかりが響いていた。

駒吉は大きな溜息《ためいき》をつくと、もはや又平を訪ねる気も失《う》せたか、長屋の木戸へと歩き出した。

「おう駒吉、寄ってかいかねえのかい」

その姿を目敏《めざと》く見つけた又平が出て来て声をかけた。

駒吉は少したじろいで、

「ああ、そのつもりだったんだがよう。ちょいと普請場で雨に降られたからか、寒けがしてきやがったから、今日はこのまま休ましてもらうよ」

「そいつはいけねえな。まあ、気をつけてくんな」

「ああ、すまねえな……」

又平は、駒吉はいかにも元気がなさそうに見えたから、風邪《かぜ》でもひいたのであろうと、そのまま別れた。

確かにこのところ、駒吉は瓦職の親方に気に入られて、あちこちの普請から声がかかっていると聞いていた。

善兵衛長屋には、大工の留吉《とめきち》、左官の長次《ちょうじ》という栄三郎の剣の弟子がいて、二人の倅《せがれ》も手習い子として栄三郎の許《もと》に通っている。この二人からも、

「駒さんもなかなかの顔になってきたぜ」

と、情報が入っていたから、

「駒、今じゃあお前は、おれなんかより余ほど立派だなあ」

などと冷やかすように言っていたのだ。

とはいえ、過日は大坂に里帰りした秋月栄三郎の供をして、長い間旅に出ていた又

平である。

久し振りにゆっくりと酒でも飲んで話したいという想《おも》いが募《つの》っていた。

二人共に捨て子であったのを、軽業《かるわざ》一座の親方に拾われて兄弟のようにして育ち、親方亡き後一座を離れてからは、一緒に渡《わた》り中間《ちゆうげん》をしながら暮らしたこともある。駒吉は又平にとって肉親以上の存在なのだ。

それから数日の間駒吉は、相変わらず忙しそうに普請場通いをしていたが、それも少し落ち着いたと聞いて、ある夜又平は酒徳利《さけどつくり》ともらい物の寿司《すし》を手に、駒吉を長屋に訪ねたのであったが――。

又平の来訪を喜びつつも、駒吉は終始落ち着かない様子で、

「又、おれは近《ちけ》えうちに、越そうかなと思っているんだ……」

俄《にわか》にこんなことを言い出した。

「そりゃあまた、どうしてだい」

又平は、まるでわけがわからず、驚いて駒吉を見つめた。

駒吉は親友の又平がすぐ近くにいるのが何よりも嬉《うれ》しいと日々公言している。その上に又平の主《あるじ》である秋月栄三郎には、又平以上に心酔していて、自《みずか》らも町のもの好きに交じって剣術を習っていた。

人と人を結びつける取次屋の番頭として活躍する又平を羨《うらやま》しがって、

「あっしも身の軽さにかけちゃあ、又平に引けはとりません。どうぞ何かの折には、手伝わせてやっておくんなさいまし」

などと予々《かねがね》口にしていた。

実際、瓦職の傍《かたわ》らで、この三年の間、時に又平を手伝い、昔鍛《きた》えた軽業を駆使して、取次屋の一人として腕を揮《ふる》い、

「駒吉のこともお忘れなく……」

と悦《えつ》に入っていた。

それが、この長屋を出ていくと言い出すとは、夢にも思わなかった又平であった。

「まだ決めたわけじゃあねえんだよ」

又平の驚きようを見て、駒吉もさすがに決まりが悪くなったのか、言葉を濁《にご》らせて、

「いや、ちょいと親方に声をかけられてよう……」

理由を言い繕《つくろ》った。

親方の信頼が日々厚くなっている駒吉は、

「品川《しながわ》から高輪《たかなわ》にかけて、今人手が足りねえ。お前に任《まか》せてみてえんだが、どうだろ

う」

そう勧《すす》められているのだと言った。

自分にとって悪い話ではない。ただそうなると、当面そちらの方に居《きよ》を移した方が何かと都合が好いので、

「ちょいと迷っているのさ……」

「まあ、お前の身上がそれで立つなら仕方がねえが、そいつはまた急な話だなあ」

「だから、他でもねえお前の耳にまず入れておこうと思ったんだ」

「で、いつ頃越すつもりなんだい」

「それはまだ、はっきり決めてねえんだ……」

駒吉の応えはどうも歯切れが悪かった。

――駒吉の奴、おれに何か隠してやがるに違《ちげ》えねえ。

又平はそのように友の心の内を窺《うかが》い見た。

兄弟以上の絆《きずな》を持つ駒吉であるから、自分に隠しごとをしたとて無駄《むだ》なのだ。

しかし、自分に隠しごとをしてまで、越したいと口にするのである。それなりの理由があるに違いない。

若い頃ならば、胸倉を摑《つか》んででも本心を聞き出すところであるが、さすがに又平

も、もう何年も取次屋栄三の片腕として世の中を渡ってきている。そこは惚《とぼ》けてみせて、

「いずれにせよ、寂《さみ》しい話だなあ……」

しんみりとして言った。

瓦職で落ち着いてきた駒吉を傍《そば》で見ていると、そろそろ女房を持ち子を生《な》してくれるのではないかと思っていた。

「そうすりゃあ、おれはものわかりのいい小父《おじ》さんを気取ってよう、ここへ毎日やって来て、お前の子の頭を撫《な》でてやりてえと楽しみにしていたのに……」

そう言われると駒吉も辛《つら》いのであろう、

「おいおい、まだ決めたわけじゃあねえと言っているじゃあねえか」

と、言葉に勢いがなくなっていく。

「お前の先行きがかかっていることだ。思うようにすりゃあいいが、うちの旦那《だんな》も、取次の用を頼めなくなるから寂しがるだろうな。まあ、そん時はおれがうまく言っておくから気にするねい……」

又平は止《とど》めを刺すように言葉を継《つ》いだ。

駒吉はそれから無口になった。

駒吉が、この長屋を本気で離れたいと思っていないのは明らかだ。瓦職の親方の話も、どこまで本当か疑わしいものだ。

だが又平は、それ以上は何も問わなかった。

一旦《いったん》突き放す方がよいと考えたのだ。

本音《ほんね》を隠している駒吉は、心の内では気が置けぬ相手に打ち明けたい想いを強く抱《いだ》いているに違いない。

そのうちに自分の方から喋《しゃべ》り出すまで様子を見よう――。

又平のそんな知恵は、師匠である秋月栄三郎から学んだものだ。そしてそれは、しっかりと又平の身に付き始めていた。

「そんなことよりもよう、ちょいと好い店を見つけたんだよ……」

それから又平は、ことさら明るく世間話を始めたのである。

二

「おう来たぜ。お染《そめ》、ちょいと熱いのをつけてくんな」

「何だい何だい、いきなり入って来て、熱いのをつけてくれとはよく言ったもんだよ」

「おかしいかい？　ここは酒を出すところだろうが」

「常の客ならそれでいいが、栄三さん、随分《ずいぶん》と付けが溜《たま》っているよ」

「こいつはいけねえ。言い直そう。付けはちゃあんと払うから、ちょいと熱いのをつけておくれな」

「いつ払ってくれるんだい」

「そのうちな」

「そんなら熱いのもそのうちつけるよ」

「つれねえことを言うんじゃあねえよ……」

大坂から帰ってからというもの。栄三郎は足繁《あししげ》く、京橋の袂《たもと》にある居酒屋〝そめじ〟に通っていた。

ここの女将《おかみ》であるお染に、長く会わなかったから恋しかったのだと口では言っているが、

「ふふふ、〝そめじ〟なら付けを溜めてもいいと思っているんだろ」

お染には本音を読まれていた。

大坂への旅で、このところ栄三郎の懐《ふところ》具合はまるで思わしくなかったのだ。

「お前が恋しくて来ているのは嘘《うそ》じゃあねえよ。京の焼物も買ってきてやっただろう」

栄三郎は帰府に際して、お染には青磁の京焼を土産《みやげ》にしていた。上品な小ぶりの茶《ちゃ》碗《わん》で、

「あら嬉しいねえ。わっち好みだ。これで一杯やるよ」

お染は随分と喜んだものだが、茶碗でごまかされては堪《たま》らない。結局のところは言いくるめられて飲ませてしまうのはわかっているのだ。少し困らせてやらないとおもしろくない。

「さあ、どうしようかねえ……」

お染は悪戯《いたずら》っぽく笑ってみせる。

「今日はこれから駒と飲むんだよ」

栄三郎は手を合わせた。

「駒？　あの瓦職人の？」

「ああ、駒吉だ。又平とおみきどっくりのよう……」

「あの兄さんは又公《またこう》と違って好い男だ」

「そうだろう。ちょいと奴《やつ》に話があってね、まさかおれが駒のおごりで飲むわけには

いかねえじゃあねえか。頼むよ」

「わかったよ、わかりましたよ栄三の旦那。近いうちに半分くらいは払っておくれよ」

お染は、今日はこの辺りにしておいてやろうかと板場に入った。とどのつまりは二人分の付けを被《こうむ》ることになるのだが、それでもお染はどこか楽しそうであった。

いつもの小上がりで早速《さっそく》、お染がつけてくれたちろりの酒で一杯やっていると、遠慮気味に駒吉が入ってきた。

「おう、こっちだよ。まず一杯やってくんな。気が張る店じゃあねえんだ。遠慮はいらねえ」

「少しは遠慮しろ……」

お染は叱《しか》りつけながらも、小上がりに座る駒吉の前に、料理皿の載《の》った折敷《おしき》を置いた。

付けを溜めながらも、浅蜊《あさり》を葱《ねぎ》と豆腐《とうふ》と煮付けたのと、鰺《あじ》の干物がしっかりと皿に盛られている。

「こいつはありがてえ……」

栄三郎は、切れ長の目を細め、とろけるような笑みを浮かべてお染を見た。この笑顔にごまかされるのだと、お染は込み上げる笑みを抑え、しかめっ面《つら》で板場へと戻った。夕方になって栄三郎が最初の客であったが、駒吉に続いて常連が続々と入ってきたのだ。

「おう皆、付けを溜めるんじゃあねえぞ！」

栄三郎は馴染《なじみ》の顔に声をかけながら駒吉に酒を注《つ》いでやった。

もうこの頃になると、駒吉の心もすっかりほぐれていた。

「又平からお聞きになったんですかい」

駒吉は自分から話を持ち出した。

「ああ、聞いたよ。三日前のことだ。お前が品川辺りに越すんじゃあねえかと嘆いていた」

「そうですかい……」

「おれも駒吉には遠くに行ってもらいたくはねえや。だから本当の理由を聞きたくてよう」

「本当の……？」

「又平は、お前の親方にこっそり会いに行ったそうだ」

「又が……、お節介な野郎だ」

「おれが又平なら同じことをしただろうよ」

又平が、駒吉の瓦職の親方に会って訊《き》いたところでは、確かにこの先、駒吉にはあれこれと仕事を任せたいと思っているが、品川、高輪界隈《かいわい》に限ったものではないという。

それゆえ、住まいを変えた方が好いなどということは言った覚えがないらしい。

「それなのに善兵衛長屋を出たいというなら、こいつは聞き捨てならねえ。いってえどんな理由があるのかと、又平の奴が気に病《や》んでいるから、ここはまずおれが、お前と話してみようと思ったわけだ」

「そいつは相すみません……。心にもねえことを口にしちまいました」

駒吉は頭を掻《か》いた。

「理由というのは、女のことだな」

栄三郎はすかさず本音を衝《つ》いた。

「え……？」

駒吉は言葉も出ずに、栄三郎をまじまじと見つめた。

「手習い子におふうというのがいるんだが、その母親からお前のことを訊かれたよ」

「そうでしたかい……」

駒吉は顔が朱に染《そ》まるのをごまかすように、立て続けに酒を飲んだ。

久し振りに会った女と話が続かず、つい栄三郎に剣術を習っているなどと口走ってしまった自分が恥ずかしかった。

「おふうは、まだここへ来たばかりでな。お前がおれの弟子だと聞いて驚いていたよ。お前、おふうのおっ母《か》さんと昔ちょいと理由《わけ》ありだったんだな」

「そんな、理由ありなんて……。おくみさんが何か言ったんですかい」

「何も言わねえよ。だから理由ありなんじゃあねえかと、思ったってわけさ」

おくみは、あの雨の日、おふうを迎えに来た際、

「先生は駒吉さんに剣術をご指南されているのですねえ……。いえ、昔、ご近所に住んでいたことがございまして……」

それだけを伝えた。そして栄三郎から今の駒吉の人となりを聞くと、

「左様《さよう》でございますか。それはようございました……」

嬉しそうな表情を浮かべ、おふうを連れて、そそくさと帰っていった。

「何だかおかしな様子だと思っていたら、お前が善兵衛長屋を出ていくかもしれねえと又平から聞いた。ああ、やっぱりそういうわけかと……」

「旦那には敵《かな》いませんや」

「どんな間柄だったんだ」

「間柄ってほどのもんじゃあござんせん。まだ若え頃《わけ》のことでございました……」

駒吉は姿勢を正すと、小さく笑った。

かつて駒吉は捨て子であったのを拾われて、同じ境遇の又平と共に、仁兵衛《にへえ》という軽業の一座の親方に育てられた。

そうして、又平と二人、綱渡り、籠抜《かごぬ》けの芸などをこなし、軽業芸人として成長したが、十二歳の折に仁兵衛と死別した。

仁兵衛は死に際して、又平と駒吉を堅気《かたぎ》の道に進ませようと考え、又平を植木職に、駒吉を瓦職の小僧に入らせた。

身の軽さを買われてのことだが、駒吉は三年ばかり奉公をした後、軽業芸人であった過去を揶揄《やゆ》され、兄弟子と喧嘩《けんか》になり瓦職の親方の許をとび出してしまった。

その後、同じような理由で植木職の親方の許から出た又平と共に、渡り中間をして暮らすようになるのであるが、そこに至るまで数年の間、本所入江《いりえ》町の盛り場でうろうろしながら暮らした。

身が軽くて、なかなか腕っ節の強い駒吉は、博奕打《ばくちう》ちや処《ところ》の顔役の使いっ走りに重宝された。

元は軽業一座にいたので、子供の頃から香具師《やし》の若い衆達とも交流があり、その方面の連中とのつき合い方を心得ていたので、すぐに懐に入っていけたのだ。

しかし、捨て子の自分を育ててくれた上に、何とかしてまっとうな道を歩ませてやろうとしてくれた仁兵衛の想いを踏みにじってしまった――。

内心忸怩《じくじ》たるものがある駒吉は、時にやり切れなくなり煩悶《はんもん》した。

だが、一旦道を踏み外し、やくざな道で生きる術《すべ》を覚えてしまうと、なかなかまっとうな道には戻れぬものだ。

周りを見渡しても極道者ばかりとくれば、そのきっかけすら摑めない。

「人ってえのはいい加減なもので、三度の飯にありつかねえと生きていけねえ……。やくざな暮らしでも、続けていくしかあるめえと、日々よたっておりやした。そんな時、あのおくみさんに会ったのでございます」

駒吉は、ほろ酔いに大きな目を少し潤ませて、懐《なつ》かしさと恥ずかしさが入り交じる、若い頃の自分を思い出した。

おくみに出会ったのは、真《まこと》に不様《ぶざま》な折であった。

処の博奕打ちからの頼まれごとで、その兄弟分から貸金をもらってくるはずであっ

たのだが、兄弟分というのがとんでもない男で、

「おれは奴から金なんぞ借りてねえや！」

そう言い立てて、駒吉を追い返した。

酒が入っている上に、大柄で力の強い男であったから、宥《なだ》めようとしても収まらず、駒吉は散々《さんざん》に殴《なぐ》りつけられて道端《みちばた》に伸びてしまった。

「畜生《ちくしょう》、あの野郎、そのうちにぶっ殺してやる……」

まだ若かった駒吉は、大人相手に手出し出来なかった自分が情けなく、歯嚙《はが》みをした。

「どうなさいました……」

そこに声をかけてくれた娘が、おくみであった。

おくみは、遠藤啓庵《えんどうけいあん》という儒者《じゅしゃ》の娘で、啓庵が開く学問所が、駒吉が居候《いそうろう》を決め込んでいる煮売り酒屋から近いこともあり、時に顔を合わせると会釈《えしゃく》くらいは交わすようになっていた。

年恰好《かっこう》が近く、遊び人風に見えるが、子供や野良犬、野良猫などにはやさしい風情《ふぜい》を見せる駒吉に、おくみは少し心を開いていたのである。

駒吉もまた、自分のような者に愛想《あいそ》よく接してくれるおくみに好意を抱き始めてい

た。

それだけに、無惨に道の端で伸びてしまっている自分を見られるのが辛かった。

「誰がこんなひどいことを……」

おくみは、近くにあった用水桶《おけ》の水に手拭《てぬぐ》いを浸《ひた》し、赤く腫《は》れあがり砂にまみれた駒吉の頬《ほお》を拭《ふ》いてくれた。

しかし、ありがたさよりも恥ずかしさが先立つ頃である。

「こんな傷くれえ何でもねえよ……」

駒吉は、もうしばらくそこで倒れていたいほど体中が痛かったが、空《から》元気で立ち上がると、おくみを振り切るようにその場を立ち去ったのである。

それでも、自分に手を差し伸べてくれた娘のやさしさ、澄んだ瞳《ひとみ》は、駒吉の胸に突き刺さるように残った。

駒吉に声をかけてくる女といえば、酌婦《しやくふ》や女芸者がよいところで、皆が若い男を少しばかりからかってやろうというものであったから尚《なお》さらであった。

――それなのにもっと口の利《き》き方はなかったのか。

そんな後悔に嘖《さいな》まれた。

それがある日。駒吉は北辻橋《きたつじばし》の袂で、おくみが若い破落戸《ならずもの》に、

「足を踏みやがったな……」

と絡まれている姿を見た。

破落戸は駒吉と同じ年恰好の二人で、このところこういう見えすいたたかりを繰《く》り返していたので、駒吉は苦々《にがにが》しく思っていた。

こ奴らを叩《たた》き伏せてやれば自分の株が上がる上に、先日のおくみに対する礼にもなる。何よりも、自分が弱い男ではないと、おくみにわかってもらえるであろう。

駒吉はそう思い立ち、勇んで橋の袂に進み出ると、

「女に足を踏まれて、そんなに痛《いて》えか。情けねえ奴らだぜ……」

余裕たっぷりに嘲笑《あざわら》った。

「何だ手前《てめえ》は……」

「引っ込んでやがれ。痛え目を見るぜ」

破落戸二人は駒吉に凄《すご》んだ。

――ふッ、お前らに負けるわけにはいかねえんだよ……。

縋《すが》るような目を向けるおくみを尻目《しりめ》に、

「やかましいやい！」

と、殴りかかった。

身軽な駒吉は、二人に飛び蹴《げ》りを見舞《みま》うと、

「痛えか、痛くて堪らねえかい！」

ぽかぽかと鉄拳《てつけん》をめり込ませて、たちまち追い払ったのである。

それから、駒吉はおくみと顔を合わせる度《たび》に、言葉を交わすようになったが、二人の会話はいつもぎこちなかった。

駒吉はというと、

「おかしな奴にからまれたりしてねえかい」

などと訊ね、おくみがそれに、大丈夫だと応えつつ、

「駒吉さんも、危ない真似《まね》はしないでね」

と、窘《たしな》める。せいぜいがそんなものであった。

互いの名をいつ名乗り合ったかは、定かでないが、こうして言葉を交わすだけで、駒吉は荒《すさ》んだ暮らしの中に、浮き浮きとした心地よさを覚えたのである。

こういう思い出話は、聞いていても楽しくてほのぼのとするものだ。

「なるほど、それで、ちょいと好い仲になったのかい」

栄三郎は、声を弾《はず》ませた。

「好い仲なんてほどのもんにはなりませんや。相手は偉《えれ》え学問の先生の娘さんですか

らねえ。そもそも家の外に出ることも滅多《めった》にねえお人だ。好い仲になりようもなかったんですよ」

　駒吉の思い出はほろ苦かった。用があって外に出る時はいつかをそっと訊いて、その日なんとかおくみに会って、束《つか》の間《ま》の一時《ひととき》を二人で僅かな言葉を交わしつつ過ごす――。それが精一杯であったのだ。

「うむ、そうだろうな。だが、それだけでも互いの想いは充分通い合っていたんじゃねえのかい」

「さて、どうでしょうかねえ。ひとつ言えるのはあっしの心の内は随分と洗われました。おくみさんと話すだけで、このままじゃあいけねえ。まっとうな暮らしをして、後ろめたい想いをしなくてすむようにしなけりゃあならねえ、そう思ったってことでさあ」

「とどのつまり惚《ほ》れていたってことさ」

「へへへ、そうかもしれませんねえ。身分違いの娘さんにね……」

「それでどうなったんだ」

「どうにもなりゃあしませんよ。ある日、あっしは町で大暴れをして、そこにいられなくなって、それっきりで……」

その日駒吉は、以前彼を痛めつけた男を町で見かけた。

男の兄弟分という博奕打ちにあれこれ世話になっていたゆえに、そ奴に殴りつけられても辛抱《しんぼう》したが、

「駒吉、すまなかったな。あんな野郎は、もうおれの兄弟分でも何でもねえや。今度会ったら仕返しをしてやるがいいぜ」

博奕打ちからはそう言われていた。

それでももう済んだことだ。博奕打ちからは殴られ賃ももらっていたからやり過ごしてもよかった。

しかし、あの大男は一軒の家の前で、まだ幼い子供を殴りつけていた。女の許に転《ころ》がり込んだ上に、女の子供が疎《うと》ましくなり辛く当たっているようであった。

それを見て、考えが変わった。

駒吉は長屋の屋根にさっとよじ登ると、庇《ひさし》の上から飛び降り様に、男の頭を蹴った。

「な、何しやあがる」

男は頭を抱えて叫《わめ》いたが、この前の威勢はなかった。どうやら大柄であるのを誇示しているだけで、弱い者にはどこまでも強く、ちょっと反撃を受けるとたちまち弱さ

を露呈する男らしい。

「やかましいやい！　手前は子供しか相手にできねえのか。ふざけた野郎だ。この前のお返しをしてやるぜ！」

駒吉はさらに身軽さを活《い》かして、飛び蹴りを見舞い、狂ったように殴りつけた。

男は思いの外弱かった。それが駒吉をさらに苛々《いらいら》とさせた。

「弱《よえ》え野郎だぜ！」

駒吉は、傍にあった水桶を男の頭に叩きつけた。そしてそこで町の衆に止められたのである。

ふと気付くと、野次馬の中におくみがいた。

おくみは何ともいえぬ哀《かな》しそうな表情を浮かべて駒吉を見ていた。

もうこれで二度と会えないのではないか。そんな想いがおくみの目に込められていた。

駒吉は自嘲《じちょう》の笑みを浮かべると、町の衆に連れられてその場を去った。

殴られた姿を見られるのも恥ずかしいが、殴っている姿を見られるのはもっと恥ずかしいものなのだと、駒吉はその時思い知らされたという。

「あの若えのはなかなかやるぜ」

人にそう思われたところで、ほとぼりを冷《さ》ますには町を出ねばならなかった。

おくみの哀しそうな顔が頭に浮かんで、それを振り払うためにも、駒吉は町を離れたかった。

「それで町を出てからは、一度も会っちゃあおりませんでした」

「それが十何年たって、〝手習い道場〟の前でばったり出会ったたってわけだな」

「へい」

「初《うぶ》な頃に会っていた清らかな女が、手習い所に子供を迎えにきている……。そんなところは見たくねえもんだろうな」

「当たり前のことだと思いながら、どうもねえ……」

駒吉は頭を掻いた。

「この先何度も顔を合わせるのは辛《つれ》えから、どこかへ越そうなんて思ったのかい。やっぱりお前、今でも惚れているんだな」

「からかわねえでくだせえよ。あっしなんかと顔を合わすのは、向こうの方が迷惑に思うだろうと……。さぞかし偉えお方のご新造になっていなさるんでしょうねえ」

「いや、おくみ殿は、娘と二人暮らしのはずだ」

「二人暮らし……、てことは、どういうことなんです」

「そこまで詳《くわ》しくは聞いてねえよ。今はお針の先生をしているそうだ。色々あったんだろうな」

「色々ねえ……」

「心細い暮らしをしていることだけは確かだ。駒、お前知らねえ仲じゃあねえんだから、今度じっくり聞いてやればいいじゃあねえか」

「しかし、あっしは……」

おくみの今を知りたい気持ちと、大それた気持ちが交じり合って、駒吉はしどろもどろになった。

栄三郎は、その様子が頰笑《ほほえ》ましくて、何とか二人の間を縮《ちぢ》めてやりたいという想いが込み上げてきて、

「言っておくが、おくみ殿は儒者の先生の娘のようだが、その父親ってえのは元々が商人だったたっていうぜ。つまりおれのような、武士擬《まが》いだ。そう畏《かしこ》まる相手じゃあねえよ」

駒吉の表情が次第に明るくなってきた。

栄三郎は、にこりと笑うと、おくみの話はそこに止めて世間話に興じた。

駒吉は、いちいち楽しそうに相槌《あいづち》を打っていたが、栄三郎に心の内をほぐされて、

店を出るまで腰が浮ついていたのである。

駒吉が、栄三郎の手習い子であるおふうの母・おくみと、若い頃に淡《あわ》い恋模様を描いていたと知れた。

三

又平は、栄三郎から話を聞いて、

「駒の奴、今までそんな話は一度たりともしなかったじゃあねえか」

親友の自分に黙っていたことがおもしろくなくて、しきりにぼやいていたが、駒吉にこの話をすると、かえって構《かま》えてしまうのではないかと危ぶみ、しばらくそのままにしておいた。

栄三郎に訊ねてみると、おくみが駒吉の名を出した時の様子は、何やらぱっと蕾《つぼみ》が開いたかのような華やぎがあったという。

又平とて何度かおくみと会っているが、穏《おだ》やかでやさしそうな佇《たたず》まいの奥に、しっかりとした芯《しん》のある、なかなかの人となりだと見ていた。

母娘二人で過ごしているのには、それなりの理由があるのだろうが、理由ありといえば駒吉も色々と暗い過去がある。

又平と二人で渡り中間をしていたものの、博奕の深みにはまり、俄に姿を消したかと思うと、一時は深川《ふかがわ》の悪辣《あくらつ》な香具師の元締の手先に成り下がった。

その時、偶然に又平と再会して、秋月栄三郎の助けを得て改心した駒吉は、件《くだん》の香具師の悪事を暴く働きを見せたことで、罪一等を減じられたものの、〝江戸十里《り》（約四〇キロ）四方追放〟の刑となった。

しかしそれも一年の刑期を終え、江戸に戻ってからは、秋月栄三郎が築く人の輪にどっぷり浸り、すっかりと生まれ変わっている。

おくみとは実に好い取合せではないだろうかと、何とか二人の仲が近付かないものか、そればかりを考えていた。

しかし、栄三郎がせっかく居酒屋〝そめじ〟に呼び出して、おくみの現状を問うてみたらどうだと勧めたのにも拘《かか》わらず、駒吉はというと、まるで〝手習い道場〟に近付こうとはしなかった。

「駒もこういうことにはのろま野郎だな……」

栄三郎も、駒吉とおくみの偶然の再会を、これも互いの想いが引き寄せた縁《えん》だと思い、二人が少しでも近付くことを楽しみにしていたのだが、大いに拍子《ひょうし》抜《ぬ》けをしてしまった。

「又平、どうしたものだろうな」

「へい、奴があんなに意気地《いくじ》がねえとは思いもかけませんでしたよ」

「まあ、若い頃の想いを壊《こわ》したくはねえんだろうよ」

「そいつはわかりますが、今はどうしているんだい。困ったことがあったら何でも言ってくんな……、これくれえのことが言えねえなんてどうかしてますぜ」

「それを言えねえのが、駒の好いところさ。おれにはわかるねえ。身分違いの恋だと、端《はな》から諦《あきら》めているんだよ」

「身分違いって、おくみさんは町の出なんでしょう」

「そうは言ってやったが、駒は育ちが違うと思っているのさ。下手《へた》に近付いて、惚れてしまえば余計に辛くなるじゃあねえか」

「惚れたっていいじゃあねえですか」

「相手を大事に思うからこそ惚れちゃあいけねえんだ」

「旦那はこのままにしておけばいいとお思いで……？」

「そうは思っちゃあいねえよ」

「そんならせめて、おくみさんの身の上話を旦那が聞いてやればどうです」

「そうだな……。そうしてやるか」

「十何年振りに会って、互いが旦那を通して近えところにいるのがわかったってえのに、それから何の音沙汰《おとさた》もねえ……。おくみさんも寂しい想いをしていなさるんじゃあねえんですかねえ……」

「そいつはお前の言う通りだ」

「でしょう。旦那に身の上を語りゃあ、駒吉の耳に入る……。そう思うだろうから、きっと話し辛いことも、そっくり聞かせてくれるに違いありやせん」

「色んな辛えことがあったんだろうな……」

「そいつをあっしが駒吉に伝える。駒吉もさすがに放っとけなくなって、おくみさんに一言声をかける機会を窺うでしょう」

「そうして、千里の道も一歩から、てことだな」

思えば、駒吉へのお節介を焼く前に、自分達こそ、寄り添うべき相手を定め、それを我が物にすべく動くべき栄三郎と又平なのだが、駒吉にはどうも、放っておけない人間の哀感というものが漂《ただよ》っているらしい。

——まず奴に幸福《しあわせ》になってもらわないといけない。

ついそう思ってしまう二人であった。

そしてその心の奥底には、かつて駒吉がほのかな想いを寄せた女が、十五年にわたる空白の間にいかなる暮らしを送ってきたのか。それを知りたくて堪らなかったのである。

栄三郎は早速、手習いが終った間を見はからって、おふうをそっと呼んで、手が空いた時でよいから、一度母《かか》さんに来てもらいたいと告げた。

すると、翌日の昼下がり、いつもの手習いが終る頃を見はからって、おくみがやってきた。

栄三郎の目には、あの雨の日と同じで、日頃は慎《つつ》ましやかなおくみが華やいで見えた。

栄三郎を通して駒吉と繫《つな》がっていることへの恥じらいがそうさせているのではないかと、栄三郎はおくみの心の内を読んでいた。

とはいえ、駒吉が気になるのであれば、あれから〝手習い道場〟に、何か理由をつけて訪ねてきそうなものだが、それをせずに尚恥じらいを見せている様子は、駒吉とまるで同じである。

こちらの方は、独り身である駒吉に対して、自分は子持ちであるのを気にしているようにも思える。

――これはますます、おれが間に入ってやらねばなるまい。

栄三郎は心を新たにして、

「余計なことだと叱られるかもしれぬと思ったのですがね。おくみ殿のことについては、ほとんど何も知らぬまま娘御をお預かりしたので、一度話しておきたかったのですよ」

そう言って自室へ請《しよう》じ入れた。

おふうはその間、又平が手習い所で遊んでやっている。

「余計なことなどと、とんでもないことでございます。わたしも秋月先生には、あれこれとお話ししておきたいと予々思っておりました」

おくみはしっかりとした口調で応えた。

娘と二人だけで暮らしていると、ありもしない噂《うわさ》をおもしろおかしく言い立てる者も出てくるもので、おふうを守るためにも、今までどのようにして暮らしてきたか聞いてもらいたいというのである。

「なるほど、とかく世間は勝手なことを言って騒ぎ立てる。困ったものだ」

栄三郎はしかつめらしく頷いた。こんな時は笑顔を向けるより、真顔で同調してやる方が、相手も喋り易《やす》いというものだ。

「駒吉は、昔入江町に住んでいて、おくみ殿に何度も恥ずかしいところを見られたものだと言っていたが、お父上はそこで学問教授をなされていたのかな」

栄三郎は、駒吉の話をさらりと入れつつ訊ねた。

「はい。借家を住まいとして、そこで何人かのお弟子を相手に講義をしておりました」

駒吉がそんな風に自分との昔話をしたことを知って、おくみは一瞬はにかんだ表情を浮かべ、明るい口調で応えた。

おくみは娘のおふうから、秋月栄三郎が話をしたがっていると伝えられて、これは駒吉から何か昔話を聞いたゆえであろうと、少し心を弾ませてやって来たのだ。

駒吉が本所入江町からいなくなった後、自分がいかなる人生を歩んできたか、栄三郎に話しておけば、その内に駒吉に伝わるであろう。又平の思惑通り、おくみはそのように見ていた。

駒吉は、手習い師匠の助手で、子供達から好かれている又平の親友で、今は瓦職人として立派に暮らしていると、既《すで》に栄三郎から聞かされていた。

「もっとも、渡り中間をしていた頃に博奕の深みにはまって、身を持ち崩したこともあったのだが……」

その折、栄三郎はそれだけをつけ加えた。

罪を犯して所払いになった過去は、駒吉自身が話すべきだと思ったからだ。

だが、おくみにとっては、駒吉が何をしでかしたかは知らないが、今を見れば、それは一時の若気の至りで済まされる。

孤独で心が荒んでいた暴れ者の駒吉が、本来持ち合わせていたやさしさと律儀さを開花させて、栄三郎、又平にとってなくてはならない男になっていると知り、おくみはそれだけで嬉しかったのだ。

とはいえ、駒吉は昔の自分を恥じて、おくみにはまともに向かい合えないと思っているのに違いない。

あの雨の日に、すっかりと立派な大人になっているのにも拘らず、話す言葉もぎこちなく、そそくさと去っていった姿を思い出せばそれがわかる。

何を恥じることもない、むしろ自分があれから生きてきた日々の方が余ほどみっともないものであったとも思われる。

そこを駒吉に伝えられたなら、次に顔を合わせることがあれば、もう少し心地のよいひと時を過ごせるのではないだろうか。

おくみは、その想いを込めて、栄三郎に己《おの》が昔を語った。淡い恋心をときめかせた、娘の頃の輝きを求めて――。

「父親は、商人の息子に生まれたことを、大層恨《うら》んでおりました。今となれば、わたしは父親のそんな想いを恨みたくなるのでございます……」

四

おくみの父・遠藤啓庵は、本郷《ほんごう》一丁目の紙問屋・萬屋《よろずや》に生まれた。

家業柄、書物に親しみ、学問好きが高《こう》じて、紙問屋の主にして儒者となった。

その名声が高まるにつれて、武家の出の儒者と交わるようになり、商人として暮らすのが嫌《いや》になってきた。

家業を継ぎ、隠居した父親の言うことを聞いてきたが、母親が亡くなり、隠居の父親が亡くなると、学問に専心したくていても立ってもいられなくなった。そして遂《つい》に、親戚筋《しんせきすじ》に店を譲り渡し、その金で本所入江町に移り住み、遠藤啓庵の名で学問所を開いた。この時、妻にも先立たれていたので己が意志を通し易かったのだ。

富裕な町人が門人になったので、食べることに困りはしなかったが、武家の儒者に憧《あこが》れる啓庵を、娘のおくみは怪訝《けげん》な目で見ていた。

生まれ育った本郷の町から本所へ出てきて、おくみはすぐに土地に馴染めず苦労していた。しかし啓庵はというと、

「お前は町の娘とは格が違うのだ……」

そのように言い募り、娘の身なりも武家風にさせ、町の衆とのつき合いにも、あれこれ注文を付けるので、うんざりとしていたのだ。

その頃に出会ったのが駒吉で、彼はあれこれと町のことを教えてくれた上に、おかしな輩《やから》からおくみの身を守ってくれたのである。

この頃の話をおくみはさらりと流したが、駒吉から聞いた話を思い出すと、やはり若き日の二人は互いに惹《ひ》かれ合っていたのだと栄三郎には思えた。

しかし啓庵は、町の破落戸であった駒吉と、言葉を交わすことさえ許さなかったと容易に想像がつく。

そうするうちに、駒吉は身分違いだとおくみへの想いを断ち切って、町を出たのであろう。

おくみは父親に反発したが、

「わたしは、お前に立派な男の妻となり、名高き儒者の母となってもらいたいのだ。

そうすれば、お前は誰からも大事にされて暮らしていける。それが何より女の幸せなのじゃ」

啓庵は己が娘への想いを決して曲げなかった。

気にそぐわなくとも、父親が娘かわいさゆえに言っていることだ。おくみもこれに従わねばならなかった。

啓庵は、学問道楽を高じさせて、紙問屋の主人から一人の学者となった。だからといって、おくみには何不自由のない暮らしを送らせている自負があった。

その一方で、啓庵は娘を町のくだらぬ男の目に触れさせては、自分の儒者としての成功に傷が付くと考えていた。

そこで思いついたのが、御家人株を買うことであった。

紙問屋を譲り渡した時に、それなりの金子《きんす》を得ていた。いざという時にこの金は使おうと蓄えてあったのだが、

「今こそ、その時がきたのだ」

と、小普請《こぶしん》五十俵の御家人・菅井《すがい》家の株を買い、身は菅井家の養子《ようし》となり、念願の武士となった。

これに伴い、おくみも本所南割下水《みなみわり》の菅井屋敷に移らねばならなかった。

父の学問道楽、武家道楽に振り回され、武家となったおくみは、もうこうなれば父の言う女の幸せとやらに身を置き、そこに生き甲斐《がい》を見つけるしか道はないのだと思い定めた。

幸いにして、貧乏御家人のことであるから、奥向きが存在するわけでもない。

武家屋敷街の住人には、町場の遊び人や不良浪人と見紛《みまが》うような侍もいて、

「徳川《とくがわ》将軍家の御世《みよ》も危ういものよ……」

啓庵は大いに嘆いたものだが、日々屋敷で学問講義を開き、人の出入りも多かったし、下男、下女は大らかな働き者で、暮らしは思った以上に堅苦しくなく、苦にはならなかった。

むしろこの頃が、おくみにとって一番平穏な日々であったかもしれない。

やがて縁談が持ち上がった。

相手は、曽根哲之助《そねてつのすけ》という御家人の次男坊であった。

啓庵の学問の弟子で、人当たりがよく顔立ちの整《ととの》った容姿は誰の目にも好感がもてた。

学問に関しては、弟子の中で五番手くらいであったが、商人上がりの父娘である。婿《むこ》養子に名乗りをあげる者などなかなか見つかるものではないと啓庵は思ったのだ。

啓庵は、おくみの代では見た目に涼《すず》やかな武家の風を定着させ、やがて生まれくる孫を立派な武士に育てればよいと考えていたから、哲之助くらいが養子にはちょうどよかったのである。

何よりも父・啓庵は身体壮健で、孫の成長を見届けるまでに、充分な時があると信じて疑わなかったのだ。

おくみも哲之助に不足はなかった。

五番手で気取らぬところに好感がもてた。

しかし、啓庵が目論《もくろ》んだ幸せへの道筋は、脆《もろ》くも崩れ去った。

手塩にかけて学問を仕込んでやろうと待ち構えていた孫の誕生は、男子とならず娘であった。

拍子抜けはしたものの、それでも孫はかわいいもので、

「焦《あせ》らずともよい。まだまだわたしは達者ゆえにのう」

そう言って余裕の表情を見せていたのだが、人の元気というのはわからぬもので、風邪をこじらせたかと思うとそこから病がちになってしまった。

すると、このような時に頼りになるはずの哲之助がまるで役に立たない。

講義の代教授もろくに務められず、暇があれば町場に出て、どこやらで遊び呆《ほう》ける

ようになった。

もう少し儒者として活動していれば、武家社会においても知られる存在になったであろう啓庵は、おくみを案じながら、この世に未練を残しつつ、おふうが二つの折にあっけなく死んでしまった。

すると、婿養子の哲之助は、師である舅《しゅうと》が世を去ったことで、さらに学問を怠《なま》けるようになった。

「今さら誰に習《なろ》うたとて、わたしの学問の才が伸びるわけもなかろう」

そう言って、遊びにばかり刻《とき》を費《つい》やした。

五十俵の扶持《ふち》などたかが知れているのだが、そんな小禄《しょうろく》だけを頼りに暮らし始めたのだ。

その内に、哲之助には永代寺《えいたいじ》門前の水茶屋に情婦がいるとわかった。

人当たりがよくて、顔立ちの整った哲之助は、なかなか女にもてたと見える。

水茶屋の女は武家崩れで、哲之助に入れあげていたという。

養子の身は何かと肩身が狭《せま》い。

「お前さんの小遣《こづか》い銭くらい、あたしが何とでもしてあげますよ」

そう言って自分に引き付けたのである。

おくみは夫の裏切りを知っても、何故《なぜ》か腹が立たなかった。

これで父親の呪縛《じゅばく》から逃《のが》れられて自由の身になれるような気がしたからだ。

自分は武家の妻として、未《いま》だ嫡男《ちゃくなん》を生していない。夫は外に女を拵《こしら》えていて、その女は武家の出であるという。

それならば、自分は娘を連れて家を出ればよいのだ。

菅井家の株を買ったのは父であり、家を出るべきは婿養子の哲之助の方なのかもしれない。

しかし禄高は、たかだか五十俵。おくみにとっては何の魅力もなかった。

自分が死ねばおくみはどうなる――。父・啓庵は、死に際してそれが気がかりであったのだろう。

「これは、お前に渡しておこう。ここぞという時に役立てればよろしい」

そう言って密《ひそ》かに三十両の金を渡していた。

――これさえあれば娘と二人、何とか暮らしていける。

おくみは裁縫《さいほう》に優れていた。

天下直参《じきさん》といえども、小禄の御家人の妻となれば、縫い物くらいは出来ねばならないであろう。元々、お針には娘の頃から自信があったおくみは稽古《けいこ》に励《はげ》んだ。

父親に振り回されてきた日々において、それがおくみにとって好い気休めになっていた。

そのようなことをせずとも、学問講義の謝礼や、蓄えで楽に暮らしていけるのだから、

「根《こん》を詰《つ》めることもあるまい」

と父は言ったが、

「武士の妻ともなれば、それくらいの素養もなければなりますまい」

娘にこう返されると、大きく頷いて嬉しそうに笑みを浮かべた。

啓庵にすれば、娘も武家になる覚悟を持ってくれたのだと捉《とら》え、嬉しかったのであろう。

そうして励んだ裁縫の腕が、町に出れば役立つはずだと、おくみは屋敷を出る決心を固めたのだが、あの時嬉しそうに笑みを浮かべた父のことを思い出すと、泣けてきてならなかった。

とにかく――。

おくみは離縁してくれるよう哲之助に申し出た。

「まさか、婿養子に入った身で、そなたを離縁してこの家に止まることなどできまい

「……」

哲之助は意外な妻の言葉にあたふたとして困った顔で応えたが、その目の奥にどこかほっとした表情が隠れていた。

親が決めた縁談で夫婦となってよりこの方、さして惹かれ合った仲でもなかったが、こうした夫の心の動きだけはわかってしまうのが、男女の繋がりの哀しさであった。

「それはお気になさいますな。わたしはこの菅井家の妻に相応《ふさわ》しくはありませぬゆえ出て行きたいと申し上げているのですから……」

おくみは夫に冷たく言い放つと、有無《うむ》を言わさずに屋敷を出た。

娘のおふうが哀れに思えたが、生まれた時から父親にかわいがられてきたという想いを、肌身で受け止めてきたわけではなかった。

母に身を任せるのが自分の生きる術なのだと、幼いながらも心得ていたのであろう。

「何やら楽しそうですねえ……」

母と町場で暮らすことを喜んでいたのが心の救いであった。

今なら中途半端な武家娘でいるよりも、町の人情に触れて暮らしていける。

身には三十両の金子がある。おくみに恐《こわ》いものは何もなかったのだ。

「なるほど。そうして娘御と二人で過ごしてこられたか……」

栄三郎は、おくみの話に感じ入った。

女は、親や夫に振り回されて生きざるを得ないものだろうか。

ただただ運命に身を委《ゆだ》ねることで、何不自由なく穏やかに、笑いの絶えない暮らしを送れる女もいるだろう。

しかし、大半は望むべくもない苦難の道を歩むものなのかもしれない。

そう思うと何やらいたたまれなかった。

「色々と大変でござったな」

「いえ、わたしなどはひもじい思いをしたわけではありませんから、これもおもしろい日々であったかと……」

「今だから言えることでしょうよ。女は強い……」

「母となった身が強いのでしょう」

「うむ、けだし至言だ……」

栄三郎は心地よく笑った。

「それからは、とり立てて大事もなく……」

「大事がないと言えば嘘になってしまいますが、娘との暮らしは穏やかに」

あれこれと身の上話をして、心の内に溜った灰汁《あく》が抜けたのであろう。おくみは力強く応えた。

菅井屋敷を出た後は、芝《しば》口の源助《げんすけ》町に借家を見つけて、お針の教授を始めたのだが、そのうちに商家の隠居の口利きで、南八丁堀《みなみはっちょうぼり》にこざっぱりとした長屋の一軒を見つけて移り住んだ。

その近くに隠居が所有する、小さな空き家があり、ここを裁縫の稽古場に使わせてもらうことになったのだ。

おふうも七つになっていた。

既に読み書きなどは仕込まれていたが、近くに評判の手習い師匠がいるというので、

「秋月先生にお預けしようと思ったのでございます」

そして思わぬ縁で駒吉との再会を果したのである。

「すっかりと町の女房に戻ってしまいたいのですが、お針の教授などしておりますと、武家の出を匂《にお》わせた方が、よろしいようで……。ほほほ、亡くなった父親と同じ

ことをしております……」

「いやいや、それはようくわかる。この秋月栄三郎も、元は野鍛治《のかじ》の倅だ……」

栄三郎とおくみは楽しそうに笑い合った。

互いに武家の皮を被《かぶ》ってしまって、改まった物言いであるが、そのうちに善兵衛長屋の連中と話すような、くだけた言葉で声をかけ合えるようになるだろう。

――うん、実に好い。

栄三郎はすっかり、おくみ、おふう母子の贔屓《ひいき》となっていた。

五

「又平、どうだった。駒吉の様子は？」

「どうもこうもありませんや。呆《あき》れてものが言えませんよ」

「おくみ殿のことは話してやったんだろう」

「へい、そりゃあもうしっかりと。そこいらの講釈師より、上手に話したつもりでさあ」

「駒吉は心を打たれただろう」

「それはそうなんですがね。心を打たれてますます頑《かたくな》になっちまったってところで」

「何だそれは……」

又平は早速、秋月栄三郎に語ったおくみの身の上話を駒吉に伝えた。

豊かな商家の娘として生まれたにも拘らず、父親に振り回され、夫には踏みにじられて……。

おくみのそんな苦労を知れば、かつてはほのかに想いを寄せた相手である。会って一言声をかけ、労《いたわ》ってやりたいと思うであろう。

おくみとて喜ぶに違いない。

そして、そこから十数年の時を経て、未だに初な心を持ち続けている二人の、新たな心の触れ合いが生まれるはずだ。

ところが駒吉は、そんな又平の予想に反して、話を聞くや、神妙《しんみょう》な面持《おもも》ちとなり、

「おれはやはり、今の長屋を出た方がいいのかもしれねえな……」

などと言い出した。

「何を言ってやがんでえ。おくみさんは大変な暮らしを送ってきたんだぞ。まず声をかけてあれこれ話を聞いてあげたらどうなんだい」

又平がそう言うと、

「いや、苦労をしたからこそ、おれなんかが傍へ寄っちゃあいけねえんだよ」

「どうしてだい」

「わからねえのかい。おれは罪を犯して、所払いになった男なんだぞ」

「それはもうきっちりと罪を償ったじゃあねえか」

「償ったからいいってもんじゃあねえや。そもそもおれには、やくざな性分がまとわりついているんだ」

「お前はどうして、何でも奥歯で嚙みしめてしまうんだよ」

「そいつは仕方がねえだろう。今じゃあまっとうに生きているつもりでも、また何かの拍子にくだらねえことをしでかしてしまうんじゃあねえか……。分別ってものがついたからこそ、そんな想いから逃げられねえ。そのあたりにいるような女ならまだしも、おくみさんは、偉え学者の娘さんなんだ。おれなんぞに出番はねえよ……」

駒吉は、ただただ自信がないのだと応えるばかりなのだ。

あまり言い立てても、余計に駒吉を悩ませることになるだろうし、すぐに善兵衛長屋を出ていきかねない。

それで又平は、駒吉の長屋から引き上げて、栄三郎が待つ、居酒屋〝そめじ〟に向かったのだ。

「う～ん……、そうか……」

栄三郎は、又平の報《しら》せを受けて、腕組みをして考え込んでしまったが、

「まあ、付けが回ってきたってことだな」

と頰笑んだ。

「若え頃の付け……でやすか」

「そんなところだ。それが互いの引け目になって、相手のことを思いやるものだから、前に進まねえのさ」

「なるほどねえ、付けが回ってきやしたか。何とかしねえとなあ……」

又平が忌々《いまいま》しそうに溜息をつくと、お染がやってきて、

「うちの付けも何とかしておくれよ！」

二人の前にどんとちろりを置いた。

「今はそんな話をしている場合じゃあねえんだ」

「何言ってやがんだ……」

「なあ、お染、互いに控《ひか》えめな男と女が歩み寄るにはどうすりゃあ好いと思う」

「さあね、どっちか死にそうになりゃあ、さすがに歩み寄るんじゃあないのかい」

「おう、そいつは妙案だ」

「馬鹿にはつき合ってられないよ……」

お染はぷんぷんと怒りながら、板場へと戻っていった。

「馬鹿って言やがったな、あの男女め……」

又平は気色《けしき》ばんだが、

「又平、怒るな。こっちの付けが増えるだけだ」

栄三郎はニヤリと笑った。何か考えが浮かんだようだ。

「考えてみりゃあ、あの堅物《かたぶつ》の松田新兵衛ですら、女房を持ったんだ。駒吉なんざ大したもんじゃあねえや」

「そいつは確かだ……」

「おくみ殿に何か困ったことがおきていねえか。そいつを探るんだ」

「困ったことねえ……」

「ないようなら、無理にでも困っていることを見つけ出すんだよ」

「それを駒吉に伝えるんですね」

「駒吉だって、おくみ殿の難儀を聞いて、まさか長屋から出るとも言うまい」

「へい……。そこから先はどうなるかわかりませんがねえ」

「とにかく二人を会わせねえと話にならねえ」

思えば剣友・陣馬七郎がお豊《とよ》と一緒になった時も、松田新兵衛がお咲を妻にすると誓ったのも、それぞれ愛する相手に危機が迫ったのが物を言った。

〝雨降って地固まる〟というが、おくみにも雨に打たれる瞬間があろう。

「大事がないと言えば嘘になってしまいますが……」

おくみは身の上話をした時、そんな風に言っていた。力強い言葉であったが、それだけに、栄三郎には言えずにいた屈託があるのかもしれない。

駒吉とおくみの間を取り次いでやるにはまず、人知れず彼女の屈託を見つけることだ――。

そして、そこから人と人との絆を繋ぐのが取次屋の腕の見せどころなのである。

栄三郎と又平は動き始めた。

手習いに来ているおふうには巧《たく》みに話しかけて、おくみの様子をさらりと問う。

おくみが開いているお針の稽古場にも探りを入れる。

叩けば埃《ほこり》が出るというが、どんな人間にも弱みはあるものだ。

動き出して五日目には、又平が外から勇んで帰ってきて、

「旦那、ありましたよ。おくみさんにおあつらえ向きの頭痛の種がありましたぜ……」

と、声を弾ませた。

「おいおい、人の不幸せを喜ぶ奴があるものかい」

「こいつはいけねえ……」

又平は頭を掻いたが、窘める栄三郎の表情も綻《ほころ》んでいた。

「そいつは何かい、別れた旦那にまつわることじゃあねえのか」

「さすがですねえ。へい、ご明察で……」

「金でもせびりに来ているのかい」

「そのようで……」

途端に二人の顔は険《けわ》しくなった。喜んでばかりいられない。ここからは侍相手の力技が求められるのだ。

おくみのお針の弟子に話を聞くと、時折見慣れぬ侍が、おくみを訪ねているようだという。

この侍が元の旦那の菅井哲之助であるのは明らかだ。おくみに直《じか》に訊いてもよいが、これを問われるのは辛かろうと、又平はすぐに永代寺門前へと走った。

ここの水茶屋に、おだいという武家崩れの茶立て女がいて、かつて菅井哲之助の情婦を気取っていたと聞いたので、当たれば何か情報が摑めるかと思ったのだ。

既に栄三郎が哲之助の近況を調べていた。おくみが屋敷を出てから、哲之助はこの武家崩れを屋敷に入れたかと思いきや、おだいとは既に手が切れているようなのだ。

又平がおだいに哲之助の名をちらつかせると、

「何が直参だ、あんな男は殺してやりたいよ」

おだいは怒りを顕《あら》わにしたという。

なんでもその後菅井哲之助は、おだいよりも金廻《かねまわ》りの好い、櫓下《やぐらした》の三味線《しやみせん》芸者にあっさりと乗り換えたのだそうな。

涼しげな容貌《ようぼう》に、穏やかな気性、学問をかじっていたゆえの博学。

女達はついつい哲之助に心を許し、肩入れしたくなるようだ。

「だからって、情《じよう》のない男なんてものは、すぐに化けの皮がはがれるってもんさ」

この三味線芸者にはすぐに愛想を尽かされて逃げられたのだと、おだいは嘲笑ったのだ。

小遣い銭を貢《みつ》いでくれる女が途切《とぎ》れてしまったとなれば、たかる相手は一人しかいない。

それで哲之助は近頃、おくみの許へと顔を出しているのであろう。

早速、又平は湊稲荷《みなといなり》社の南側にある、おくみの裁縫教授の稽古場を張ってみた。稽古が終る頃に訪ねて来るようなので、その時分に合わせて行けばよい。さほど辛い張り込みではなかった。

たちまち二日目で哲之助が訪ねて来る様子を捉えた。

稽古場であれば娘のおふうに顔を合わせることもない。そっと金をせびりに来るには恰好の場なのである。

「おくみ、そのうち金は返すよ。わたしにもちょっとした当てがあるのだ」

哲之助はおくみにこう切り出した。

ちょっとした当てとは、また新しい女を見つけ貢がせるということなのか――。

「わたしは知っているんだよ。お前が義父上《ちちうえ》から随分な金子を渡されていたと……。生さぬ仲とはいえこの哲之助は菅井啓庵の息子なのだぞ。本来ならば、その金をそっくりもらったとてよい身なのだ」

そうして、御家人株を譲られた上でおくみと別れたにも拘らず、こんな理屈をしゃあしゃあと並べ立てるのだ。

おくみは、何を言うのも空《むな》しくなるのであろう。黙って小粒を差し出した。一分《ぶ》の金は母娘にとっては痛い出費であるが、哲之助はおふうの父親であり亡父が選んだ婿でもあった。

それを思うと無心を断れないのであろう。

又平は、まんまと小遣いをせしめて、意気揚々《ようよう》と帰っていく哲之助をつけてみた。

哲之助はそのまま深川新町の盛り場に出ると、小体《こてい》な煮売り酒屋で酒を飲み始めた。

店にはそれ者《しゃ》上がりを思わせる、ちょっと小股《こまた》の切れ上がった年増《としま》の女将が一人――。

「わたしはこれでも天下の直参だ。だが生まれたところが悪かった。小身ではなかなか世には出られぬ。儒学においては誰にも引けはとらぬと申すに……」

整った顔をほろ酔いに染めて、懊悩《おうのう》に歪《ゆが》めてみせる。そこにはえも言われぬ風情があり、哲之助の容姿を一層際立たせる。

「哲様、きっと好い時節がやって参りますよ。天下のご直参が、そのような弱みを見せて何とするのです……」

女将は、自分ゆえに弱みを見せているのだと、年増女の落ち着きと艶《なまめ》かしさを総身に湛《たた》えて、哲之助に酒を注ぐ。

――三味線芸者の後釜《あとがま》に据えるにはもう少しというところか。

窺い見る又平は呆れ顔を浮かべていた。

いずれにせよ金蔓《かねづる》になったとしても、またすぐに逃げられるであろう。この先もおくみがこの男からたかられ、付きまとわれるのは避《さ》けられまい。

――よし、駒吉、お前の出番だぜ。

又平は呟《つぶや》いた。いかに駒吉が控えめな男であっても、これなら放ってはおけまい。

六

秋月栄三郎の狙《ねら》い、又平の読みは正しかった。

駒吉は、偶然に菅井哲之助がおくみに金の無心をしている様子を見かけたと又平から聞かされるや、

「そんな三一《さんぴん》に、この先付きまとわれると考えると、怖気《おぞけ》立つぜ。旦那、何とかしてあげてくださいまし……」

その夜はすぐに〝手習い道場〟に駆け込んできた。

「とは言ってもよう。相手は直参だ、又平が見かけたくれえではおいそれと動けねえ

ぜ……」

栄三郎はわざと渋ってみせて、

「まずお前が、おくみ殿から様子を聞き出してくれねえか。お前は昔、おくみ殿を助けたことがあるっていうじゃあねえか。お前にになら本心を打ち明けるんじゃあねえかい」

と、水を向けた。

「いや、おれなんぞが出る幕じゃあ……」

駒吉は思った通りにまごついたが、

「駒、そんなことを言ってる場合じゃあねえぜ。これは取次屋の仕事だ。お前から銭を取ろうとは思わねえが、手伝わねえというならおれも又平も動けねえぞ」

栄三郎にぴしゃりと言われると、もう是非《ぜひ》もなかった。どこか又平にはめられた気がしないではなかったが、

「承知しました。だが、旦那も一緒にいてくだせえ。又平、お前もな……」

と、応えたのである。

かくして翌日は岸裏道場からお咲を迎えて、手習いを一刻《とき》（約二時間）ばかりの間、代教授してもらった。

おくみを捉えてこんな話をするのに、おふうは傍から離しておきたかったのだ。

「駒吉、お前何を硬《かた》くなっているんだ。この前久し振りに会って立ち話をしたんだろう」

裁縫の稽古場への道すがら栄三郎は、笑いながら駒吉の肩を叩いた。

「へい。そりゃあそうなんですがね……」

あの日、町場で大暴れして町の衆に連れていかれる自分を、哀しい目をして見ていたおくみの面影《おもかげ》が今も駒吉の胸を苦しめるのだ。

いつしか思い出のかけらとなっていたその疼《うず》きが、会って言葉を交わしたために尚さら大きくなったのだ。

だが、今ここで秋月栄三郎に肩を叩かれて、駒吉は我に返った。三十をとっくに過ぎた身が何をしているのだ。感傷に浸ってまた何もしてあげられなかったら一生悔《く》いが残る。

稽古場からは、お針の弟子達が帰るところであった。

「さて、行くぞ」

栄三郎と共に駒吉は、おくみを訪ねた。

俄に現れた三人の男におくみは随分と驚いたが、今頼りに思う〝手習い道場〟の二人と駒吉が一緒にいることが、おくみの心をときめかせた。

そのときめきは、開かぬ扉を壁だと諦めてしまうのではなく、打ち破ってでも開くのだという、強い意志の表れであり、今の自分は一人ではないという安堵《あんど》であった。

「おくみさん、別れた旦那が、時折金の無心に来ていると聞いたが、お前さん、この先もそれを許すのかい？」

そして駒吉は、開口一番、自分の屈託を衝いてきた。菅井哲之助とはきっぱり縁を断ち切りたい。亡父が自分に遺《のこ》してくれた金子をあんな男に奪われてなるものか。憤《ふん》懣遣《まんや》る方《かた》ない本心が、おくみの体の底から込みあげてきた。

「許したくはありません！　二度と顔も見たくない、声も聞きたくない人です！」

おくみは思わず叫んでいた。久し振りに再会したというのに、自分に対してぎこちなかった駒吉が、ここまで気にかけていてくれたという喜びが爆発したのだ。もう身勝手な男に振り回されてなるものか——。

駒吉は、おくみをじっと見つめて、

「よし、そんなら秋月先生のお力をお借りして、二度と町を歩けねえようにしてやろう」

きっぱりと言った。

傍らで栄三郎がにこやかに頷いた。おくみは救われた想いがしたものの、

「でも、菅井哲之助は天下の御直参。お町のお役人に頼ることもできません……」

それゆえ、諦めて金を渡すしかなかったのだと、不安を募らせた。

「なに、策は練《ね》ってある。駒吉の力があれば、きっとうまくいくさ」

栄三郎は、駒吉を立ててやりつつ胸を叩いた。

「お願いします……」

おくみは駒吉に頭を下げた。

もうすっかりと思い出になってしまっていた駒吉への恋慕が、昔破落戸から助けてくれた時のように、現《うつつ》のものとなっていた。

取次屋栄三の面目躍如《めんもくやくじょ》たるところであるが、さて栄三郎が練った策とは――。


「煮売り屋の女将も、そろそろ金を貢いでくれそうだな……」

噂の侍・菅井哲之助は、その夜も深川を徘徊《はいかい》していた。

親の代からの貧乏暮らし。学問に活路を見出《みいだ》そうとしたが、結局彼を世に出したのは、その涼やかな容姿と、ほどのよさであった。

学問がとび抜けて出来なくとも、この二つが人に受ければよかったのだ。

まんまと御家人の婿養子となれた。小禄ゆえに遊ぶ金に困ったら、町に出て貢いでくれそうな女を、これもまた二つの武器を使ってものにすれば何とかなった。

しかも、舅が死んだら、妻は離縁してもらいたいと言ったものだ。

そもそもが商人の娘で、武家暮らしに嫌けがさしていたようだが、他所《よそ》に女を拵えていたお蔭《かげ》で妻が離れていくきっかけが生まれたとは、おもしろい。

今の暮らしに妻子は邪魔でしかない。向こうから出ていってくれたのだ。おくみは哲之助にとって正しく女神であった。その上に、小遣い銭に困れば幾《いく》ばくかの金をくれるのだから、これほどのことはない。

どうせ貧乏御家人の次男坊で、さして学問に秀《ひい》でているわけではないのだ。五十俵の食禄で飢《う》えはしのげるし、直参の身を振りかざせば思いの外女にもてる。

何よりも独り身でいられるのは幸いだ。

町の女共は、貧乏御家人であっても、武家の妻に憧れを持つらしい。

――誰が面倒な妻などもらうものか。

おもしろおかしく暮らした後は、この御家人株を誰かに売ってしまえばよいのだ。

「おや、旦那じゃありませんか……」

蓬莱橋《ほうらいばし》の袂で声をかけてきた女があった。

見れば羽織姿の二人連れ。少し薹《とう》が立っているものの、なかなかに艶やかな辰巳《たつみ》芸者であった。

「はて、どこぞで会《お》うたかの」

哲之助は小首を傾《かし》げた。二人共に見覚えがなかったのだ。

「いやですよう。菅井の旦那でしょう。前に一度お会いしたじゃありませんか」

「これは姉さん、相手にされなかったようですねえ」

芸者二人は口々に言って、哲之助を詰《なじ》るように見た。

「おう、何とのう思い出したぞ」

哲之助は、女を引き寄せておくのも身過《みす》ぎと思い、適当に話を合わせた。

「一度、飲み比べをしよう、なんて仰《おつしや》ったでしょう」

姉分の方が口を尖《とが》らせた。気風《きつぷ》のよさが売りらしく、男勝りにすっとした色気が漂う。

「ここで会うたが優曇華《うどんげ》の……。放しませぬぞよ」

妹分が芝居がかって袖《そで》を引いた。

「わかった。ならばどこで飲み比べと参る」

哲之助は鼻の下を伸ばした。

「洲崎《すさき》の浜に上燗《じょうかん》屋が出ていますから、風流を肴《さかな》に飲みましょう」

姉分が言った。

「よし、金と力の無いおれにはおあつらえ向きだ。参れ参れ……」

哲之助は、春の宵《よい》に浮かれて芸者二人と浜へ向かった。未だ二人の名を思い出せぬが、そのうちに知れるであろう。

――このおれと飲み比べとは愛《う》い奴よ。

酒と女には強いのが身上であった。

浜に上燗屋の屋台の提灯《ちょうちん》の灯《ともしび》がぼんやりと光っている。目をこらすと岩場に敷物。傍らには酒樽《さかだる》。風流を肴にとはよく言ったものだ。

「よし、上燗屋、どんどん酒を持て！」

「やっぱり旦那は粋《いき》なお方……」

哲之助は、芸者二人を相手に酒盛りを始めた。そして、この夜が菅井哲之助、人生の華となった。

酒と女に強いという自負はあれど、大した遊びもしていない哲之助であった。

俄に現れた二人の芸者――。その正体は京橋の居酒屋〝そめじ〟の女将・お染と、お染がかつて染次《そめじ》という名で深川に出ていた頃の妹分・竹八《たけはち》であった。

二人共に、そんじょそこいらの女ではない。

取次屋・秋月栄三郎の頼みを受けて、上燗屋となった又平と、哲之助を酔い潰《つぶ》しにかかる算段である。

名うての芸者と飲み比べて、まず勝てるはずがないのは花街《かがい》の常であるのだ。

哲之助は実に心地よく酔い、やがて潰れていく。

酒の強さも勧め方も、一流の二人にかかっては、哲之助など赤児《あかご》の手をひねるようなものなのだ。

そして、寒さに目覚めふと気が付くと、洲崎の夜は白々と明けていた。

――夢を見ていたのか。

芸者も上燗屋も既にいない。

「これはいかぬ……」

旗本《はたもと》、御家人は平時屋敷の外で夜を明かすことは御法度《ごはっと》であった。とはいえ小普請組の名も無き身である。誰も咎《とが》めはしまい――。

そっと帰ろうとした時、哲之助に悪寒《おかん》が走った。春寒ゆえではない。己が差料《さしりょう》が見当たらないのだ。

その刀は同じ頃、小普請支配屋敷の門前に屋根から吊《つ》り下げられてあった。

〝菅井哲之助様　御差料　深川洲崎にて拾いて候〟

との書状と共に。

差料の小柄《こづか》には、哲之助の名が刻まれてある。これはおくみの亡父・菅井啓庵が婿に贈った物であった。

これがはからずも娘の厄難を救うことになるとは皮肉なものである。

娘にとっては何ひとつ役立たなかった婿の哲之助が、やがて仕方不届きとして切米《きりまい》召放《めしはな》ちとなるのは間違いなかろう。


秋月栄三郎は、おくみにこれらの報告をすると、

「将軍家直参でなくなった菅井哲之助ならば、気兼ねなく追い払えるというものだ……」

今度もし哲之助が金の無心に現れるようなことがあれば、痛い目に遭わせ、町方に突き出してやると強い口調で言って、おくみを安堵させた。

さて、これからが駒吉の話である。

酒に酔い潰れた哲之助の刀を屋根から吊り下げたのは駒吉の仕業《しわざ》であった。

駒吉からは、旗本屋敷の長屋門によじ登るなど、尋常《じんじょう》でない。自分がそんな真似

をしたというのは、くれぐれも報せないでもらいたいと言われていた。

正義のためとはいえ、知れたらお咎めを受けるであろう。そんな秘密をおくみが知るのは危ないことだと駒吉は思っていたのだ。

だが、秘事を共有するからこそ、人と人の結びつきは深まるのである。

ましてやおくみも女である。自分のために体を張ってくれる男がいるというだけで、どれだけ心が癒《いや》されることか――。

「それにしても、この度は駒吉が大層な働きをしてくれましたよ……」

栄三郎は、喋るなという駒吉の願いを退けて、その活躍を余すことなく語り聞かせたのであった。

七

「まったく、栄三の旦那にはあれほど言ってくれるなと伝えてあったのに……」

駒吉は、もじもじとして言った。

「いえ、聞かせていただかなかったら、本当に困るところでした」

おくみは、きっぱりとして応える。

秋月栄三郎が、おくみに菅井哲之助の顚末《てんまつ》を伝えた翌日。

おあつらえ向きに雨が降った。

駒吉の仕事も休みとなった。

おくみは裁縫の教授を中断して、善兵衛長屋へ単身乗り込んだ。

「お、おくみさん……」

駒吉はあたふたとした。先日、駒吉がおくみを稽古場に訪ねた勢いが、この日はおくみにあったのだ。

おくみの難渋《なんじゅう》を聞いて意気があがった駒吉も、事が済むとおくみは再び思い出の人となった。

だが、命をかけた男の真心に触れたおくみは、過去の過《あやま》ちを引きずる駒吉をそのままにしてはおけなかった。栄三郎の話術にすっかりと昂揚《こうよう》させられていたのだ。

女には今このひと時が大事なのであると――。

「今度のことは、何とお礼を申しあげてよいか……」

おくみは、栄三郎から聞いた駒吉の働きぶりを称《たた》え、心から礼を述べた。

「駒吉さんが、あの時の約束を守ってくれたのが何よりも嬉しかった……」

「あの時の約束……」

「まさか忘れたわけでは」

「覚えていますよ。おれはお前をきっと守ってやる。おれにできるのはそれだけだ……。おれはそれを果したくて……」

「そんならこれから先もあの約束を守ってちょうだい」

「そんな、おれみてえな男が」

「何を言っているんだい。わたしなんて、元を質《ただ》せば商人の娘で、今は娘一人抱えて町中で細々と暮らしている年増女さ。ちょっとくらい哀れんでくれたっていいじゃあないか」

おくみは、くだけた町の女房の口調で駒吉を詰った。

「哀れむなんて、とんでもねえ……」

駒吉は、思わぬおくみの口撃に、しどろもどろになった。おくみは、煮え切らずにいる駒吉をここぞと攻める。

「いつまでも、昔の過ちを引きずっているんじゃあないよ。お前を守ってやるなんて言って、若い娘の心を引っ摑んでおいて、ある日大喧嘩をしたかと思ったらいなくなってしまった……。お前さん、それで好いと思っているのかい」

「いいと思っちゃあいねえが、おれもいい歳《とし》になったんだ。相手に迷惑がかからねえように気遣う分別がついたってことで……」

　駒吉の改まった物の言い方も、次第にくだけてきた。

「だから迷惑じゃないと、当のわたしが言っているんですよう。この先また、わたしに困ったことがあったら助けてやろうという気はないのかい？」

「それは……、ある！」

　駒吉はついに言った。もうこれからはごまかしの利かない男の一言を口にした。

「本当に？」

「嘘はつかねえ……」

「そんなら、この長屋を出ちゃあなりませんよ」

「わかった……。ここにいて、お前さんと、娘を守ってやるよ。おれにできることはそれだけだ」

「それならわかりました」

　おくみは満面に笑みを浮かべた。

　駒吉もつられて笑った。

　若き日の付けが、互いの胸にしまってあった淡いときめきを押し殺してしまった二人であった。

だが、歳月は人を臆病《おくびょう》にもするが、したたかにもする。時には自分自身をも欺《あざむ》く知恵を身につけるものだ。

駒吉とおくみは、十数年前の初で純な想いをそのままに、互いの幸せを求めて寄り添わんと、懸命に知恵を絞り出さんとしていたのである。

雨は幸いであった。

屋根をたたく音が、今の自分には不似合いで甘過ぎる言葉を発する勇気を与えてくれた。

そして、俄に現れた駒吉の思い人らしき女の姿に驚いて、外で聞き耳を立てる長屋の衆の気配をも消してくれた。

その中には、又平の姿もあった。

――へへへ、雨降って地固まるか。

又平は、涙目を雨の滴《しずく》にごまかして、やがて濡《ぬ》れながら、京橋の袂にある居酒屋〝そめじ〟へと駆けたのだ。

〝そめじ〟では、秋月栄三郎がお染相手に一杯やって、又平からの報せを待っていた。

「さすがは深川の売れっ子芸者・染次姐《ねえ》さんだ。酒の強さは天下一だな」

栄三郎は、ひたすらお染の機嫌をとっている。未だ付けは溜っている上に、洲崎の浜では一芝居演じてもらったのだから、この借りも含めると、

「ちょっとやそっと、わっちをおだてたくらいじゃすまないからね」

ということなのだ。

「まだまだ深川で浮名を流せるんじゃあねえかい。いやいや、今度ばかりは姐さん、おみそれいたしましたよ」

「今度ばかりは……？」

「いや、いつも思っていることだ」

「わかってりゃあいいんだよ」

口先だけなのはわかっていても、栄三郎のおだては心地がよい。お染もつい話にのってしまうのであるが、栄三郎をからかうのもまた楽しいものだ。

「今度は栄三さん、お前の番だね」

「何がだ？」

「初な想いを女にぶつけるってことさ」

「おれを駒吉と一緒にするねえ」

「お前さんも同じようなものさ。口には出さねど惚れている女がいるんだろ」

「からかうなよ」

「わっちは深川で鳴らした染次だよ。匂いでわかるのさ。栄三には惚れた女がいるが、恰好つけて胸の内に秘めているってね」

お染はからからと笑った。

栄三郎は呆れ顔をして酒を飲み、

「又平の奴、遅《おせ》えじゃあねえか……」

しきりに話をそらした。

お染の言うことはしっかりと的《まと》を射《い》ている。

栄三郎の脳裏《のうり》をよぎる一人の女の面影――。

それが栄三郎を落ち着かなくさせた。

栄三郎は、よく降りやがると小窓の隙間《すきま》から空を見た。彼にとっても雨は幸いであったのだ。

第四章　忍ぶれど

一

駒吉と裁縫《さいほう》師匠のおくみとの交流は、ゆったりと穏《おだ》やかに続いていた。

互いにそれなりの歳《とし》となり、おくみにはおふうという娘がいる。若者の恋のように燃えあがりはせぬものの、男手のないおくみの家に、駒吉が力仕事を手伝いに行ったり、おくみが〝手習い道場〟におふうを迎えに行くついでに、手料理を持って裏手の長屋に駒吉を訪《たず》ねたり――、実に頰笑《ほほえ》ましい。

桜は散り始めたが、駒吉とおくみは、またひとつ人として角が取れ、華やぎを見せていたのである。

若き日に作ってしまった悔《く》いや自責は、人を感傷に浸《ひた》らせ、時に自信を奪ってしまうものだが、区切りさえつけば、一転して気持ちを明るくさせるようだ。

おくみの前夫・菅井哲之助は、即刻仕方不届きで切米召放《きりまいめしはな》ちとなった。おくみに金の無心をしに来るかと、秋月栄三郎は手ぐすね引いて待っていたのだが、哲之助はついぞ現れなかった。

又平が調べてみると、男女の間はおもしろいもので、永代寺門前の水茶屋女・おだいと縒《よ》りを戻していた。

いかな厚顔無恥《こうがんむち》な哲之助も、家を潰《つぶ》してしまってはおくみの前に出られなかったのであろう。

「今は女の尻《しり》にすっかりと敷《し》かれておりますよ。金の無心なんぞしに行ったとわかれば、悋気《りんき》病みのおだいに殺されちまいますぜ」

又平は大笑いしながら栄三郎に報《しら》せたものだ。

実に平穏そのものの駒吉とおくみとであったが、そんな二人を尻目に、近頃の栄三郎は、何やらたそがれている。

又平を捉《とら》えては、

「又平、大坂への旅は楽しかったなあ。旅の空にいると、毎日の忙しさから逃げられる、こいつが何よりだ。おれはそもそもが極楽とんぼだってえのに、近頃は手習いといい、剣術指南といい、何だか偉くなったようで窮屈《きゅうくつ》になってきやがった。岸裏先生が、道場をたたんで旅に出られた気持ちが今になってわかるよ……」

こんな言葉をやたらと口にするようになった。

「まあ、旦那《だんな》もそれだけ偉くなったってことですよ」

又平は、栄三郎が窮屈だという気持ちがわからなくない。

しかし、秋月栄三郎に心酔する又平である。栄三郎が名を成し、妻を娶《めと》り、子を儲《もう》ける――。

そうなると自分は秋月家の家老を気取って、自慢げに栄三郎について語るつもりである。

以前のように二人で馬鹿げたことをやらかせぬ寂《さみ》しさはあるが、栄三郎も四十の手前であるから、そうなってもらわないと困るのだ。

「又平、お前までそんなことを言うんじゃあねえよ」

それでも栄三郎は、旅暮らしを懐《なつ》かしんで溜息《ためいき》ばかりをつく。

実を言うと、栄三郎の胸の内には、先日居酒屋〝そめじ〟で、

「栄三には惚《ほ》れた女がいるが、恰好《かっこう》つけて胸の内に秘めている……」

女将《おかみ》のお染にどきりとする言葉でからかわれた動揺が、まだ残っているのである。

駒吉のじれったい恋心を何とかしてやろうと動いたが、

「お前はどうなんだ」

と、問われれば、内心応《こた》えに苦しむ栄三郎であった。

その後、お染は顔を合わせても何も言わぬゆえ、あれはただのからかいであったのだろう。

だが、あの言葉で浮かんだ一人の女の面影《おもかげ》は、駒吉よりも尚《なお》じれったくていらいらする、栄三郎の恋路を改めて浮かび上がらせたのであった。

その面影が誰のものかは言うまでもなかろう。

かつて遊女と客として一夜《ひと》を馴染《なじ》み、激しく惹《ひ》かれあった相手がいた。

その女は今、旗本《はたもと》三千石・永井勘解由の屋敷で老女・萩江として暮らしている。

弟・房之助の出世を願い身を売ったのだが、房之助が永井家の婿養子《むこようし》となったことで、苦界《くがい》から助け出されたのだ。

しかも、房之助との音信を一切《いっさい》絶った彼女を、取次屋として見つけ出したのは栄三郎であった。

あの時の遊女〝おはつ〟が、果して房之助の姉であったという偶然は、栄三郎の胸を焦《こ》がした。

それは萩江にとっても同じで、自分達は運命的な再会を果したのではないか——。

そう思ってしまうのも無理はなかった。

それでも、旗本三千石の婿養子の姉と、野鍛治《のかじ》の出の剣客《けんかく》くずれでは、あの日のように身を寄せ合うことは二度と叶《かな》うまい。

あの夜の思い出は互いの心の内に秘めたまま過ごすしかなかったのである。

栄三郎は夢であったのだと忘れようとした。

そして一年半が過ぎた時。栄三郎は永井家奥向きの武芸指南を請《こ》われた。

御家《おいえ》に一朝《いっちょう》ことある時は、自《みずか》らも武器を手に戦いたいという萩江の願いを、当主・勘解由が聞き入れたのだが、栄三郎にはそれが、

「武芸指南に来てくだされば、その折は会って言葉を交《か》わすことも叶いましょう」

という、萩江の想《おも》いと受け取った。

要請を受ければ、月二回ばかり萩江と会って言葉を交わすことが出来る。

何を今さらと思いながらも、栄三郎はつい胸をときめかせて指南役を引き受けたのである。

それからの日々は楽しかった。もちろん、生きることに楽しみを見つけるのは栄三郎の得意とするところだが、萩江と会い、言葉を交わす楽しさは趣《おもむ》きが違う。

先日栄三郎は、駒吉とおくみの気持ちを近付けるには、二人で秘事を共有するのが何よりだと考えたわけだが、それは正しく自分と萩江に当てはまることであった。

互いに住む世界が違うゆえ、武芸場でしか会えないが、再会を果しながらもう会えないと諦《あきら》めかけていた二人には、月に二度ばかりの稽古《けいこ》は、夢の場であった。

互いに成熟した大人が、顔を合わせ言葉を交わすだけで、若造、小娘のごとく心躍《おど》らせるのであるから——。

とはいえ、男も女も日がたつと欲が出る。それが充《み》たされぬとわかっていれば虚《むな》しくもなる。

栄三郎は、駒吉とおくみを近付け、ゆくゆくは一緒になれる道筋《みちすじ》を作ってやった。

しかし自分はというと、武芸場において、指南役と弟子としての間柄から先に進むことはこれからもあり得ないのであろう。

他人の取次は出来ても、自分の縁《えにし》は繋《つな》げられない。

そのもどかしさが、お染に言われた一言で、どうしようもなく疼《うず》いてきたのだ。

——いや、恋にも色んな趣きがあるものだ。

月に二度ばかり、旗本屋敷の奥向きの小体《こてい》な武芸場で、そっと育《はぐく》む恋とてあろう。

武芸場での会話ゆえ、萩江の想いをはっきりと言葉で確かめることは出来ない。

それでも、顔を合わせた時に見せる萩江の表情には、あの一夜を馴染んだ時に見せた、栄三郎だけが知る、恥じらいと情が浮かんでいる。

さらに萩江は未《いま》だに独り身を通している。

もちろん、萩江がかつて苦界に身を沈めていた身を恥じてのこともあろうが、萩江は縹緻《きりよう》、才知とも備わっている。

元は武家の出であるから立居振舞も美しく、永井邸で暮らしてからは、ほどよく肉《しし》置《お》きも豊かになり、

「いかな昔があろうとも構《かま》わぬ」

と、萩江を妻に望む者とているであろう。

それが、そのような気配をまったく栄三郎に感じさせず、ただただ熱心に武芸を学ぶ姿を見ると、栄三郎は萩江の自分への慕情を覚えずにはいられない。

そんな萩江に自分もまた恋情を持ち続け、互いに口では言えぬ想いを確かめ合う。

これとても立派な恋ではないか。

一緒に暮らすことのみが、恋の終着ではないはずだ。

栄三郎は、そのように自分に言い聞かせる。

言い聞かせはするものの、人好きで、人と人との絆《きずな》を見極め、酸《す》いも甘《あま》いも嚙《か》み分

けてきた栄三郎である。

——そんな恋がいつまでも続くはずがない。

一方では、己《おの》が恋路を冷静に見つめる自分がいた。

栄三郎の心の内は千々《ちぢ》に乱れていたのである。

それでも、切ない想いを日々の暮らしの中の楽しさに紛《まぎ》らせてしまえるところが栄三郎の身上である。

初恋の相手に初《うぶ》で純情な心を抱《いだ》き続けてきた駒吉の姿に触れて、そこに自分の恋路を重ね合わせてしまい、つい感傷に浸ってしまったものの、次第にいつもの洒脱《しゃだつ》な栄三郎が戻ってきた。

そんなある日のことであった。

栄三郎は、永井家で用人《ようにん》を務《つと》める深尾又五郎から俄《にわか》な呼び出しを受けた。

それは他ならぬ、萩江にまつわることであった。

二

「いやいや、〝山鯨《やまくじら》〟には、ちと暑うなったが、よい肉が入ったと聞きましたのでな」

又五郎は柔和《にゅうわ》な顔を栄三郎に向けた。

「大いに結構でござりまする。わたしは夏になっても、熱い汁物が好物でございまするゆえ……」

猪鍋《いのししなべ》を前に栄三郎は相好《そうごう》を崩した。

深尾又五郎が栄三郎を呼び出した場所は、芝口の〝やまくじらや〟であった。

ここでは猪や鹿《しか》の肉を食べることが出来る。

剣の師・岸裏伝兵衛の好物で、葱《ねぎ》、ごぼう、焼豆腐《やきどうふ》などと一緒に味噌《みそ》で煮《に》るのが堪《こた》えられない。

いつしか栄三郎も好物のひとつとなったのだが、思えば行方知れずとなった房之助の姉を捜してもらいたいと、又五郎に頼まれたのもこの店であった。

ふっとそんなことを思い出していると、又五郎もまた同じ想いであったのか、

「そういえば、栄三先生に萩江様を見つけてもらいたいと願《ねご》うたのも、この店でござったな……」

と、今、二人が鍋を挟《はさ》んでいる二階の小座敷を見廻《みまわ》して懐かしそうに言った。

「はい。あれから随分《ずいぶん》とたちました」

栄三郎が相槌《あいづち》を打つと、

「他でもござらぬ。その萩江様のことで、お願いがござってな……」

又五郎は早速《さっそく》、用件を切り出した。

存じ寄りであるから、もったいをつけても仕方があるまいというべきか。

栄三郎は、

「はて……」

小首を傾《かし》げてみせたがこのところ萩江の面影を浮かべていただけに、内心どきりとした。

人というものは、何故《なぜ》か頭の中に出てきた相手と、すぐに出会ったりするものだ。

まさか自分の胸の内を読まれているとも思えぬが、萩江に何か起きたのかと心配になる。

「毎度のことながら御内聞《ごないぶん》に願いたい」

「心得ておりまする」

「ありがたい……」

又五郎にとって栄三郎は、誰よりも相談しやすい相手であった。

何といっても、永井家中でも一部の者しか知らされておらぬ、萩江の過去を栄三郎は知っているのだ。

鍋の肉を一切れ口に放り込み、冷や酒で流し込むと、たちまち用人の言葉に勢いが出てきた。

「実は、房之助様が、近頃姉上のことが気になると仰《おお》せでござってな」

「萩江殿のことを、若殿が……」

栄三郎は萩江にとって武芸の師であるゆえ、萩江殿と呼んでいる。

「いかにも。御二方は強い絆で結ばれておいでであるゆえ……」

又五郎はそこで言葉を切り、少し声を潜《ひそ》ませて、

「萩江様にはかつて、所謂《いわゆる》〝情夫《まぶ》〟という相手がいたのではなかったか。それを知りたいと」

「情夫……」

栄三郎は怪訝《けげん》な顔で又五郎を見た。

苦界に沈んでいた頃の萩江に、そんなものがいたはずがなかった。もしいたとすれば、この秋月栄三郎であろう。その言葉をぐっと呑《の》み込んで、

「また何ゆえにそのようなことを……」

「房之助様におかれては、萩江様がまったく御縁談に耳を傾けられぬのが、どうもお

かしいとお思いのようで」

「やはり萩江殿には、今まで数々の御縁談が？」

栄三郎は逸《はや》る心を抑えて訊《たず》ねた。

「数々、というほどでもござらぬが、このまま一度も嫁《か》さぬままでいるのはどうであろうと、殿が何度かお声をかけられましてな」

「それにはまるで興を示されませぬか」

「左様《さよう》、言下《げんか》に、わたくしにそのようなお話など畏《おそ》れ多うございます……、と申されるばかりにて」

「苦界に身を沈めた昔を思うと、この先縁談など考えられぬ。そうお思いなのでございましょう」

「某《それがし》も同意でござるが、房之助様にしてみれば、自分の学問修業のために、自ら身を売った萩江様ゆえ、何とか幸せになってもらいたい。そう思われてならないのでござろう」

「お気持ちはよくわかります。それほどまでに萩江殿は頑《かたくな》に？」

「取り付く島《しま》もないようだと」

「ほう……」

栄三郎は、しかつめらしく小首を傾げたが、内心嬉《うれ》しさが込み上げていた。

又五郎は、そんな栄三郎の胸の内など知る由《よし》もなく、

「これは廓《くるわ》におられた頃に、末を誓った情夫がいて、当家にお入りになる時に、はからずも思い切られたのではないかと、まあそのように……」

「その情夫のことが未だ忘れられずに、縁談には一切耳を貸そうとはしない。若殿はそうお思いなのでござるな」

栄三郎の問いに、又五郎は神妙《しんみよう》に頷《うなず》いた。

「なるほど……」

栄三郎もまた神妙な表情を取り繕《つくろ》ったが、又五郎の意図はわかっていた。

「それゆえ、この秋月栄三郎に、そのような相手がいたかどうか、探れと申されるのですな」

「御足労《ごそくろう》願えぬかな」

「御用人の仰せとあれば、是非《ぜひ》もございませぬ」

「忝《かたじけな》い。こんなことを頼めるのは、やはりそこ許《もと》をおいて他にはござらぬゆえ」

又五郎は威儀《いぎ》を正して、栄三郎の前に三両の金子《きんす》を差し出した。

「あれこれ掛《かか》りもかさみましょう。足りねば遠慮のう申し付けてくだされ」

「ならば遠慮のう……」

　情夫がいるかどうかなど、最早《もはや》探りようもないのだが、もらわぬのも妙なので、栄三郎はまず懐《ふところ》へと収めた。

「ささ、好い具合に鍋が煮えておりますぞ」

　又五郎は猪肉を、酒と共に勧《すす》めてくれたが、好物の猪鍋の味もよくわからぬほどに、栄三郎の頭の中は、

　――さて、どういたそうか。

　という思いで破裂しそうであった。

　話を聞くうちに、本当のところ萩江には、自分の他に馴染んだ客がいたのではないかと思われてきて、嫉妬《しっと》の念が起こってきた。

　さらに、房之助が姉を案じる気持ちはわかるが、今改めて情夫がいたのではないかと疑《うたぐ》り、わざわざ調べてもらいたいと又五郎を通して言ってきたというのは、何ゆえであろう。それが気になって仕方がなかった。

「ひとつお訊ねしたいことが……」

　黙って引き受けようかと思ったが、栄三郎は問わずにはいられなかった。

「何なりと……」

「萩江殿に、今何方からか御縁談が持ち上がっているのですか？」

何よりもそれが知りたかったのだ。

「やはり気になりましょうな」

「はい。奥向きの稽古を束《たば》ねておられる御方ゆえ」

「さもありましょう」

又五郎は、栄三郎が問うのは当然であろうと感じ入って、

「実は、お察しの通りでござってな」

その事実を認めた。

又五郎の話によると、その相手は十河弥三郎《そごうやさぶろう》という千石取りの旗本であるという。歳は三十五。先日、目付であった父・修理《しゅり》が亡くなり、晴れて家督相続が認められた。

永井勘解由は修理との親交厚く、弥三郎を屋敷に招いて、新たな当主の首途《かどで》を祝ってやった。

旗本同士が屋敷を訪ね合うことなど、そうあるものではないだけに、勘解由が弥三郎を余ほど気に入っているのが窺《うかが》える。

その折に、勘解由は萩江を宴席に呼び、僅《わず》かの間であるが酌《しゃく》を取らせた。

弥三郎は、二年前に妻を亡くしていた。

或《あ》いは萩江を引き合わせてみて、弥三郎が気に入るか試《ため》したのかもしれない。

弥三郎にもその意図が通じたのか、その数日後に、

「後添《のちぞ》いとして迎えたい」

との意思を伝えてきたというのだ。

勘解由は、そのようになればよいと思ってはいたのだが、萩江の過去を鑑《かんが》みて、

「申し分のない養女《むすめ》ではござれども、ちと曰《いわ》くがござってな……」

と、一旦《いったん》断りをいれた。しかし、生一本《きいっぽん》な弥三郎は、

「どのような曰くがござりましょうと、永井家の娘御を妻に迎えるのに、何の故障がござりましょうか」

と即座に応えた。

勘解由は、そのような弥三郎ゆえに打ち明けるがと前置きをした上で、萩江には人に言えぬ苦労を強《し》いられた昔があったのだと、深尾又五郎をして伝えた。

詳《くわ》しいことまでは言えないが、浪人の身の弟を世に出そうとした――。それだけで察してもらいたいというのだ。

弥三郎も愚鈍《ぐどん》な男ではない。大よそ察しがつくが、詳しくは訊《き》かず、過去など知ら

ぬがよいと心得て尚、

「房之助殿の人となりはよく存じているつもりでございまするがその蔭《かげ》に、萩江殿の御苦労があったとは知りませなんだ。それを思うに、萩江殿を妻として迎えたい気持ちがさらに高まってございまする……」

ますます萩江に惹かれたと言うのであった。

栄三郎は心の内で、

――訊かねばよかった。

と悔やんだ。

十河弥三郎という旗本は、話を聞くだけでも、好男子だと思える。

武家の婚儀であるから、家と家との話し合いで決まってしまうものだが、勘解由はさりげなく見合いの場を設《もう》け、これと思う武士の反応を見た。

その結果、弥三郎は萩江に知られたくない過去があったとしても、それごと受け入れる度量を示しているのだ。

これによって、彼は勘解由の目に留まったはずである。

そこに秋月栄三郎が入《うら》る余地などまるでなかった。

勘解由の仕儀を恨みたくなったが、萩江の幸せを思うと、この縁談を受けるのが何よりであろう。

ましてや栄三郎と萩江の間に、遊女と客の一夜の馴染があったことは、当人同士の他に誰も知らぬのであるから。

「では、さすがに萩江殿も、こ度《たび》ばかりは前向きに考えておいでで……」

「いや、萩江様にははっきりとお伝えしておらぬのでござるよ」

房之助の進言で、今までも頑《がん》として首を縦《たて》に振らなかっただけに、早急に返事を求めるのは避《さ》けているらしい。

まずその前に、萩江の心の内に忘れられぬ男の影があるのかないのか。まずそれを確かめたいと房之助は考えたのだ。

その意味において、勘解由が十河弥三郎に萩江を会わせたのは性急であったかもしれない。

それでも、弥三郎が永井邸に来ることなど滅多《めった》にないのだから、その機会を逃《のが》さず萩江に会わせておきたいと考えたのは当を得ていた。

「それゆえ、少しでも早《はよ》う、そのことを調べてもらいたいのでござる」

又五郎は続けた。

栄三郎は、萩江の気持ちを訊ねたわけではないと聞き、少し救われた心地がしたの

だが、

「して、もし萩江殿に忘れられぬ男がいたとすれば、どうなさるおつもりで……」

「さて、それでござるよ。今さらその男と添えるわけでもござるまい」

「で、ござりましょうな」

当たり前のことながら、栄三郎は自分に対して言われているような気がして、すぐにまた暗澹《あんたん》たる想いに見舞《みま》われた。

だが今は、その表情の翳《かげ》りも、栄三郎が萩江を慮《おもんぱか》ってのものだと又五郎は捉えているようだ。

「せめて、それをわかった上で、萩江様に十河様とのお話を、お伝えする方がよいであろうと房之助様は仰せなのでござる」

「なるほど。若殿は真《まこと》におやさしい御方でござるな」

萩江の気持ちを充分理解した上で、縁談を勧めねばならぬとの配慮であるが、苦難の道を歩んだ姉弟が互いを思い合う姿が浮かび上がってきて、栄三郎の胸を切なくさせた。

「何分、昔のことゆえ、どこまではっきりとした調べができるかはわかりませぬが、まずわたしにお任《まか》せくださりませ」

「忝うござる。栄三先生、頼りにいたしておりまするぞ」

又五郎は頭を下げてみせた。

相変わらず大身《たいしん》旗本の用人であるというのに、まるで傲《おご》らず、深尾又五郎の総身から は人情味が溢《あふ》れ出てくる。

「もしかして、情夫と思《おぼ》しきは、わたしのことかもしれませぬ……」

そんな言葉を、深尾又五郎に伝えられる時が来るのであろうか。

あれこれ湧《わ》き上がる想いを、栄三郎はすべて呑み込んでしまおうと、それからは又五郎に勧められるがまま、肉を食べ、酒を飲み、汁を啜《すす》ったのである。

三

次の日から、秋月栄三郎は、溜息ばかりをつきながら時を過ごした。

「深尾様からは、どんな御用を仰せつかったんですかい」

それが剣術指南の話ではなく、取次に関わる件だと、又平にはわかっていたが、

「萩江殿の昔にまつわる件だ」

栄三郎の応えを聞くと、

「そいつはまた厄介《やっかい》な話で……」

又平はそれだけ言って、その後は何も訊かなかった。

永井家の萩江の諸事情と、彼女を苦界に見つけ救い出したという話は栄三郎から耳打ちされていた。

長年一緒にいる勘《かん》で、栄三郎が萩江に特別ともいえる感情を抱いているのではないかと、又平は察している。それゆえ取次の用であっても、大身の旗本に関わる話だけに、自分は出しゃばらぬ方がいいと思っているのだ。

そんな又平の気遣《きづか》いを、ありがたいと思いながらも、いかな取次屋の番頭で、誰よりも心許せる乾分《こぶん》である又平にさえも、萩江との秘密は打ち明けるわけにはいかない栄三郎であった。

萩江にはかつて情夫と呼べる相手がいたかどうか――。

そんなことは調べるまでもない。

情夫と呼べるような馴染の客などいなかった。

おはつという名で根津《ねづ》の遊廓《ゆうかく》にいた萩江を見つけ、密《ひそ》かに見請《みう》けをした上で永井家に渡した折、栄三郎は彼女についてしっかりとした調べをつけていた。

今さら何も探索する必要はない。

とはいえ、三両を受け取っているとなれば、〝手習い道場〟でじっといるわけにもいかなかった。既《すで》にその金は、居酒屋〝そめじ〟への払いなどで大方使ってしまった。

手習いが済むと、栄三郎は又平に留守《るす》を託《たく》し、ぶらりと外出《そとで》をした。

足は品川へ向いていた。

もう十年近く前になろうか。

剣の師・岸裏伝兵衛は、俄に道場をたたんで廻国《かいこく》修行の旅へ出た。

気楽流同門の俊英・飯塚徳三郎《いいづかとくさぶろう》が、先年武者修行に出て大いにその名声を轟《とどろ》かせたことに刺激を受けての旅立ちであった。

長く岸裏道場で内弟子として暮らしてきた栄三郎は、この先どうして生きていこうかと、途方に暮れたものだ。

今思えば三十になる男が、師から幾《いく》ばくかの金子と印可を与えられての別れである。

「さて、今日からおれは剣客として独り立ちをするのだ」

と、勇み立つべきところであった。

だが当時の栄三郎は、洒脱でおもしろみのある男であったが、まだまだ自分の力で人生の荒波を、飄々《ひょうひょう》と渡り切れるほどのしたたかさは持ち合わせていなかった。

何よりも、野鍛冶の倅《せがれ》が武士に憧《あこが》れて剣客の端《はし》くれとなったものの、武士の世界を間近に見るようになればなるほど、権威と保身に走る男達に嫌気《いやけ》がさしてきた。

剣友・松田新兵衛、陣馬七郎のように、生まれながらの武士で、天才的な剣技を身につけている者ならば、それはそれと割り切って己が剣を追い求めることも出来ようが、栄三郎にはそこが欠けていた。

純真に憧れていたからこそ、失望もまた大きい。そうなると、

——どうせおれは町の出だ。

という想いが強くなる。

剣客の道など捨ててしまい、身についた武芸を活《い》かせつつ、町場でのんびりと暮らしたとしても、己が矜持《きょうじ》が傷つくわけではない。

——さりとて、どのように方便《たつき》を立てればよいものか。

岸裏伝兵衛の旅立ちを見送る、当時の栄三郎の胸の内は、不安と諦めと開き直りが複雑に絡《から》み合っていたのである。

見送った場所が、品川の本宿であった。

その日を境に、とりあえず別々の道を歩むことになった剣友達と酒を酌《く》み交わし、

肩を叩《たた》き合って別れた。

だが一番の理解者であった伝兵衛と別れた栄三郎は、やり切れぬ想いが誰よりも強く、そのまま品川を後に出来なかった。

そうして、ぶらりと入ったのが〝大《おお》のや〟という、洲崎の妓楼《ぎろう》であった。

洲崎弁天社が橋の向こうに望まれる松木立――。

いつしか栄三郎はその中にいて、思い出深い〝大のや〟を眺めていた。

ここでおはつという遊女と出合い、一夜を馴染んだ。そして初会《しょかい》であったというのに、互いに離れ難い感傷に陥《おちい》ったのである。

だが、おはつは、

「お願い……。ここへはもう来ないで……」

と言った。

栄三郎もその言葉に従った。通えば夢中になって溺《おぼ》れてしまう。あの頃の栄三郎はそんな心情であった。それだけに、落ちていく自分を何とか抑えようとしたのである。

それから五年が経《た》ち、栄三郎はもう一度、この〝大のや〟を訪ねることになる。

取次屋として、武家と町の衆、人と人との絆を繋ぐうちに、かつて岸裏伝兵衛が剣術指南を務めていた永井家の用人・深尾又五郎が、栄三郎の噂《うわさ》を聞きつけ、件《くだん》の萩江捜しを依頼してきた。

それを受けて栄三郎は、伝手《つて》を頼って当たるうちに、おはつこそが永井家の婿養子となる房之助の姉であると突き止めたのだ。

結局、当時おはつは、〝大のや〟から、根津の〝えびすや〟という妓楼に鞍替《くらが》えをしていたと知れ、栄三郎はそこでおはつと再会を果した。

おはつは、房之助がまだ幼い頃に描き、〝姉上様　塙《はなわ》房之助〟と添えた、萩の花の絵を大事に持っていた。

ところが、その絵を破落戸《ならずもの》の客に見られ、房之助の将来に傷をつけてやると脅《おど》されていた。

客は不良浪人・森岡清三郎《もりおかせいざぶろう》で、仲間の日子《たご》の権助《ごんすけ》と二人でよろしく立廻り、おはつを根津へ新たに売りとばしたのだ。

栄三郎は、悪党二人を討ち果し、その口を封じた上で、おはつを請《う》け出したのであるが、おはつが五年前に一夜を馴染んだ朝、

「お願い……。ここへはもう来ないで……」

と、二度目を拒《こば》んだ理由が、その時に知れた。

会えば深みにはまると思った栄三郎と同じく、萩江もまた、会えばいつか気を許して、決して口にせぬと誓った、弟・房之助の話をしてしまうかもしれないと思ったからなのだ。

それが、栄三郎の萩江に対する恋情を募《つの》らせた。

しかし、運命を思わせる再会は、皮肉にもおはつという遊女を、萩江という三千石の旗本の養女に変えてしまった。

所詮《しょせん》秋月栄三郎は、おはつという名で苦界に沈んでいた萩江を捜し出す、取次屋という立場でしかなかったのである。

そして今日もまた、萩江がおはつの頃に心を奪われた男はいないか、それを調べにやって来たに過ぎないのだ。

——仕事だ。まず調べねばなるまい。

栄三郎は、やがて〝大のや〟へ入った。

「これはお越しなさいまし……」

女将が愛敬《あいきょう》をふりまきながら出てきた。

四年前に、おはつを訪ねた折に会って話をしていたが、女将は栄三郎の顔を忘れているようだ。

もっともあの折は、久し振りに上方《かみがた》から江戸に戻ってきた大和京水《やまときようすい》という、俄長者の風流人を装《よそお》っていたから、袴《はかま》を着し両刀を帯びた浪人風の栄三郎を見ても思い出せなかったのであろう。

萩江は長い間、ここで遊女として過ごした。

もし、栄三郎の他に情夫といえる男がいれば、ここしかない。

「今日は初会だ。あれこれこの辺《あた》りの話など聞きたいゆえ、誰よりも古くからここにいる姉さんを呼んでおくれ」

古ければ古いほどいいという注文に女将は喜んで、

「これは粋《いき》なお客様ですこと。そんならお玉《たま》という娘を……」

と、栄三郎を迎えてくれた。

通された部屋は悪くはなかった。

違い棚まではないが、小さな床《とこ》の間があり花びんにはきれいに生花が生《い》けられてあった。

敵娼《あいかた》のお玉という女は、その名の通り、ふっくらとして顔も腰も丸々としていた。

「おやおや、誰よりも古いのをと言ったが、なかなか活きがよさそうだ」

顔を合わせるや、栄三郎はにこやかな目を向けたので、お玉はたちまち、

「まるでぶったところのない、小粋な旦那……」

と、栄三郎の情に絆《ほだ》されて、甲斐甲斐《かいがい》しく立ち働いた。

「じっとしていてくれたらいいのだ。おれはお前さんの話を聞きたいのさ」

栄三郎は、お玉の酌で一杯やりながら、洲崎でのおもしろい出来事を聞いて、まずお玉の口を軽くした。

お玉は思った以上に話し上手で、芝増上寺《ぞうじょうじ》の僧侶《そうりょ》がかつらを被《かぶ》って忍んできて、帰りにそれが脱げたと気付かず忘れていった話など、実におもしろおかしく話したものだ。

そのうちに、栄三郎は呆《ほう》けてみせて、

「そういえば、随分前にここで遊んだような気がしてきたよ。確か、おはつという妓《よね》だったような……」

「おはつさんならここにいましたよ……！」

「やはりそうかい」

「はい。性質《たち》の悪い客に騙《だま》されて、根津へ鞍替えしてしまったんですがね」

「それはかわいそうに……」

「ええ、その時は心配したもんですけどね。後で聞いたら、好い旦那が見つかって落《ひ》籍《か》されたそうなんですよ」

「そうかい、そいつはよかった。何となく心根のやさしい、好い女だったからねえ」

「はい。あたしも何かと世話になりましたよ」

「いけないねえ。そんなことを忘れてしまうとは。ははは、おれも早《は》や耄碌《もうろく》したか……」

「まさか、耄碌だなんて、ほほほ……」

幸いなことに、お玉はおはつとして出ていた当時の萩江をよく知っているようだった。

「で、その性質の悪い客に、おはつは惚れていたのかい」

「とんでもない。何か人に言えない理由があったのでございましょうよ」

「何かで脅されていたとか」

「そんなところかと。あの人は、情夫など拵《こしら》えて抜き差しならなくなってはいけないからと、誰にも心を許していませんでした」

「誰にも、ねえ……」

「あ、いや、一人だけ……」

「何だい？」

「ただ一夜の客に、心を奪われたことがあったと言っていましたよ」

「ほう、それなのに、その客は裏を返さなかったのかい」

「のめり込んでしまいそうだから、自分の方から、来ないでくれと言ったとか」

「そういうこともあるんだな。どんな客だったのだろう」

「何でも、やっとうを修めているお方のようだったとか」

「やっとうを？　それなら、もしかしておれのことかもしれぬな。ははは……」

「そうかもしれませんよ。旦那は男振りがよくて、楽しいお方ですからねえ。ふふふ……」

栄三郎は笑いつつごまかしたが、胸が張り裂《さ》けんばかりにときめいた。

あの時、おはつが何と言おうが逢《あ》いに行けばよかったのに、夢中になってしまうからと、懸命にその気持ちを抑え込んだのは何ゆえであろう。

そんな想いに囚《とら》われた。

だが、会わずにいたからこそ、互いの気持ちが切なく燃えあがったのかもしれない。

栄三郎は、お玉に祝儀を渡し、

「ほんに楽しかったが、ちと野暮用を思い出してな……」

と告げて妓楼を出た。

お玉は名残《なごり》を惜《お》しんだが、調べがついた上は長居する理由はなかった。

陽気で楽しそうなお玉相手に一杯やるのも悪くなかったが、萩江の想いを確かめると、栄三郎の頭の中に他の女が立ち入る隙《すき》はなかった。

わかっていたことながら、こうして確かめるとさすがに嬉しかった。

このまま好い気分のまま帰りたかったのだ。

——さて何と報せよう。

深尾又五郎への報告は、もう少しもったいをつけた方がよかろう。

その上で、やはり萩江にはそんな男の影は一切なかったと言えばよいのか、それとも一度きりの客に忘れられぬ男がいたようだ、などと自分のことは伏せつつ伝えてみようか——。

とにかく、萩江が今まで持ち上がりかけた縁談を言下に断ってきた理由が、自分への想いゆえであるならば、もうそれだけで萩江を思い切る覚悟が出来る。

どうせ自分とは身分違いなのである。

冗談にも、萩江に惚れているとは言えぬ栄三郎であった。

永井家は、かつて岸裏伝兵衛が出稽古を務め、今は相弟子の松田新兵衛がそれを引き継いでいる、所縁《ゆかり》深き御旗本である。

用人の深尾又五郎は、栄三郎の人となりを高く評価し、何かというと仕事を回してくれている。

その上に、栄三郎自身、奥向きの女中達に武芸を指南する栄誉を与えてもらっているのだ。恩義のある身で、大それたことは考えてはならぬのだ。それが萩江の住む武家社会というものなのであるから。

数日後、栄三郎は、永井家の奥向きでの武芸指南に赴《おもむ》いた。その際稽古に出る前に深尾用人を訪ね、萩江の過去において情夫といえる男の影は一切なかったとそれだけを告げた。

「左様でござったか。いや、忝うござる」

又五郎の表情は明るかったが、それから稽古に向かう栄三郎の足取りは、鉛《なまり》のように重かったのである。

四

その日もいつものように奥向きの女武芸場で、小太刀《こだち》、棒術、柔術を教授した栄三郎は、稽古が終ると奥女中達に個々指示を与えた。

最後に指示を与え、全体の講評を伝える相手は萩江である。

それがここでの稽古の決まりになっていた。

萩江が武芸を習う奥女中達の束ねとなっているので当然のことなのだが、最後であるからゆっくりと話が出来て、これが何とも心地のよいひと時であった。

武芸の話の中に、ほどよく世間話を挟むのは栄三郎の得意とするところである。

武芸はまず体調を整《ととの》えるのが大事で、その為《ため》には食べる物に気を付けねばならない。何に滋養が含まれているかをよく覚えておくことが体を丈夫にする……。

こんな前置きをしつつ、どこそこの草団子《くさだんご》が美味《うま》い、鰻《うなぎ》が精をつけるにちょうどよいなどと、くだけた話に持っていくのだ。

「あら、それは試してみとうございます……」

萩江は栄三郎お勧めの品を、下女に命じて取り寄せ、栄三郎と次に会う時に、その感想を楽しそうに話したものだ。

傍目《はため》には、熱心に武芸の成果を訊ねる、いかにも萩江らしい態度と映っているが、栄三郎と萩江にとっては、稽古の後の二人だけの楽しみであった。

それが今日は、栄三郎にとって何とも辛《つら》いひと時となった。

「秋月先生、本日もありがとうございました」

礼を言う萩江の表情も、心なしか張りつめているように見えた。

もう、十河弥三郎の求婚について知っているのであろうか——。

そんな想いばかりが頭をよぎる。

「今から申し上げますことは、どうぞお聞き流しのほどを……」

萩江は能面のように表情を変えず、声を低くした。

「はい……」

栄三郎は思わず気圧《けお》された。今日の萩江には、三十を過ぎた女のえも言われぬ迫力があった。

「忝うございます」

萩江は淡々と語り始めた。

「どうやらわたくしに、縁談が舞い込んだ気配がございます」

「左様で……」

「はい。房之助殿も、御家督を継ぐのには立居振舞がまだまだなっておらぬように見受けられます。このところは何やら落ち着きがなく、御用人の深尾殿と内密のお話ばかりをなされております」

「それが、萩江殿の縁談に関わる話であると」

衝撃に堪《こら》え切れずに栄三郎は問いかけた。萩江は、十河弥三郎を招いての宴席に出た時点で、永井勘解由の意図を感じていたようだ。

口には出さぬが、奥向きを取り仕切る萩江には、方々から情報が入ってくるのであろう。

萩江は栄三郎の問いに、厳しく凍りついたかのような表情を崩さず、

「違いございません。すぐにわたくしの耳に入れようとなさらぬのは、わたくしには心に想う人がいるのではないか。その辺りのことを知った上で、外堀から埋めていこう……、などとお企《たくら》みになっているのかと」

と、応えた。

栄三郎は動揺した。話し上手で、人を口車に気持ちよく乗せてしまうこの男が、口中をからからに渇かせて言葉を探している。

そして、栄三郎の困り顔を見たとて、萩江の顔には能面が貼《は》り付いたままであった。

房之助と深尾用人に、貴方《あなた》も何か頼まれたのではありませぬか——。

萩江の目はそう言っているように思える。

とはいえ、栄三郎には何も言えない。

「それはどうも、聞き流せぬ話でございまするな」

やっとのことにそう告げた。

「そのようにお思いで……」

萩江は初めて口許を綻《ほころ》ばせた。

聞き流せぬ話だと栄三郎が思っていることに安堵《あんど》を浮かべたのである。それが、俄に起こった縁談について戸惑う萩江の女心であるのは明らかだ。

萩江とて、今までは己が過去を前に出して断ってきたものの、今度の十河弥三郎との縁談は、当主・勘解由のお声掛かりとなる。

永井家への恩を思えば、言下に断るわけにもいかぬのだ。

その辺りの事情をわかってもらいたい。その上で貴方に相談をしているのです。

萩江がそんな想いでいるのは、栄三郎にも伝わってきた。

とはいえ、栄三郎とて永井家から受けた恩を思えば、

「そんなお話はお断りなされるがよろしかろう……」

などと、言いたくても言えるものではない。

「聞き流すことはできませぬが、何と申し上げてよいか……」

ただ言葉を濁《にご》すしか、応じられなかった。

しばしたじろぐ栄三郎を見つめるうちに、萩江の顔から再び微笑が消えていった。

その変化に気付かぬ栄三郎ではなかったが、

「わたしごときが、口を挟める話ではござらぬ……」

としか、言葉を告げなかった。

「ならば先生は、わたくしは何《いず》れかへ嫁した方がよいと仰せで」

萩江は、さらに声を低くして、上目遣いに栄三郎を見た。

「萩江殿がお望みとあれば……」

言ってはいけない言葉であると察しつつ、栄三郎は萩江に応えを託した。

「左様でございますか」

萩江の表情が強張《こわば》った。

武家の縁談に、女の方が気に入る気に入らぬ、望む望まぬが認められようか。

それでも、栄三郎が遠回しにでも、萩江に嫁《とつ》いでもらいたくはないという意思を示してくれたら、自分は何としてもこの縁談から逃れんとするものを——。

想いはただそれだけなのに、栄三郎には届かぬのか。

萩江は今、女にとって不要のやさしさを自分に向けることによって、何も言えなくなってしまっている栄三郎に苛々《いらいら》としていた。

「きっと、お相手のお方と会わねばならぬことになるでしょうが……」

萩江はその苛立ちを抑えつつ、

「かくなる上は、それに従うしかございませぬ。秋月先生がそのように仰せならば、会《お》うてみようと思います」

無表情で言い置くと、座礼をした後、栄三郎の前から去った。

栄三郎はしばしその場から立てなかった。

萩江の詰《なじ》るような目の光が、彼の体中に突き刺さっていた。

――どう言えばよかったというのだ。

栄三郎にはわからなかった。

ただひとつだけわかったことは、自分に縁談が起こっていることを鋭敏に察し、まず栄三郎に伝えたかった萩江のやるせなき想いであった。

――その想いがわかったとて、大人には、男には、口が裂けても言えないことがある。

萩江に嫁いでもらいたくない己が想いは、口に出さずともわかるはずだ。

それがわかっていたとしても、言葉にしてくれなければ、女は満足せぬものなのか。

栄三郎は、いつかこんな日が来ると心の底で思っていたし、覚悟もしていた。

――その日が来た。それだけのことだ。

やがて、この奥向きの稽古用に造られた武芸場から、萩江の姿が消えるのであろう。

萩江の望みで始まった、奥女中達への武芸指南である。そうなったら、指南役を返上しよう。そもそも市井《しせい》に己が剣を活かそうと思い定めたのだ。旗本屋敷への出稽古など柄《がら》でもなかったのだから。

房之助と深尾用人が、栄三郎に頼んだ事柄について、萩江は勘付いていたのであろうか。

そして、萩江がおはつであった頃、情夫といえる男がいたかどうか調べるよう二人に頼まれて、

「そのような男はおりませなんだ」

と、報告したことも。

それとても、やはり、

「それが誰かわかりませぬが、一度きりの客に忘れられぬ男が一人だけいたようでご

ざる」

と、言ってほしかったのであろうか。

――貴女は元より武家の出なのだから、武家の女の幸せを摑《つか》みなされ。散々《さんざん》苦労をした分、幸せにおなりなされ。相手は千石取りの旗本でござるぞ。何よりではござらぬか。

栄三郎は、永井邸を辞すと、自嘲《じちょう》の笑みを浮かべながら、胸の内で何度もこんな言葉を唱えていた。

帰りの道を照らす陽光も、暖かな風も、夏の到来を感じさせる。

――今のおれには不似合いだ。せめて雨が降ればよいものを。

走るようにして水谷町へ戻ると、

「又平、ちょいと一杯やるか」

ことさらに明るく言った。

「よろしゅうございますねえ。駒吉を誘いますかい」

「いや、あんな幸せな野郎を見ると気が散っていけねえや」

「へへへ、まったくで」

空《から》元気も続けていくと、やがて元気そのものになろう。

それから数日、自分を騙しながら妙にはしゃいだ栄三郎であったが、ある日岸裏道場から〝手習い道場〟に遣《つか》いが来た。

松田新兵衛が話したいというのだ。

「新兵衛が？」

しかも、新兵衛にしては珍しく、道場近くにある〝十二屋《じゆうにや》〟に席を取ってあるという。

たまには稽古に励《はげ》めと、小言をもらうのだろうかと小首を傾げると、

「松田先生は、随分とにこやかでいらっしゃいましたが……」

遣いの門人は言う。

この門人は、新兵衛と同じ松田姓で、名を小兵衛《こへえ》という。

御家人の三男坊で、時折岸裏道場に顔を見せる栄三郎に懐《なつ》いている。

なかなか面白味のある男なので、栄三郎も〝小松〟と呼んでかわいがっている。それゆえ彼を遣いにやったのは、

「うるさいことは言わぬ」

という新兵衛の意思表示ととれた。

「左様か。ならば喜んで行くと伝えてくれ」

栄三郎は、小松に心付けを握らせると、夕刻を待って〝十二屋〟に出かけた。

堅物《かたぶつ》の男でも、無二《むに》の友である。無理矢理心に渦巻《うずま》く屈託を晴らそうとしている栄三郎にとっては、嬉しい呼び出しであったのだ。

しかし、勇んで出かけたものの、新兵衛は栄三郎に思わぬことを告げたのであった。

五

松田新兵衛が、秋月栄三郎を呼び出したのは、〝十二屋〟の二階小座敷であった。

「新兵衛、お前も師範代となって、気の利《き》いたことができるようになったではないか……」

小座敷は小部屋になっていて、運ばれてきたのは、鯔《ぼら》の味噌付け焼き、浅蜊《あさり》と豆腐《とうふ》の煮付けなど、なかなかに美味そうなものが揃《そろ》っていた。

この店は、近くに三四の番屋があることからその名が付いたと言われているが、〝岸裏道場〟〝手習い道場〟の地主で、新兵衛の妻・お咲の実父である田辺屋宗右衛門行きつけの店である。料理がよいのは言うまでもない。

「道場で話せばよいかと思うたのだが、人には聞かれたくなかったのでな」

この日の新兵衛は終始笑みを湛《たた》えていた。

「人には聞かれたくない？　岸裏先生にもか」

「先生にはそっと話してある」

「それならばよいが、いったい何の話だ」

「永井様の出稽古のことで、おぬしにちと相談があるのだ」

「人に聞かれたくないというからには、込み入った話なのだな」

「いかにも。だが、人の生き死にに関わるようなことではない」

新兵衛はニヤリと笑った。

「何のことだ……」

栄三郎は首を竦《すく》めた。

巌《いわお》のような体に威風を漂《ただよ》わせる松田新兵衛が、料理屋に栄三郎を招いてにやついているのだ。どうも気味が悪かった。

「十河弥三郎という御仁《ごじん》を知っていよう」

「十河弥三郎……？　御用人から聞いたが、会うたことはない」

栄三郎は素《そ》っ気《け》なく応えた。

忘れようとしているというのに、萩江に求婚している男の名を耳にするのは気分が悪かった。

新兵衛は深尾又五郎から、彼が栄三郎にした頼み事について聞いているらしい。

「会うたことがないのはおれも同じだ」

新兵衛は少し宥《なだ》めるように言った。

「御用人は他言無用と申されたのに、何ゆえ新兵衛にまでその話を……」

「おれと栄三郎のことゆえ、話しておこうと思われたのであろう」

「お前に何か頼みごとをされたのか」

「永井様の武芸場に、十河様を招きたいとのお話でな」

深尾用人が新兵衛に願ったのは、武芸場に招いた十河弥三郎の剣技を確かめ、引き出してもらいたいとのことであった。

永井勘解由は、弥三郎の萩江への求婚を受け、

「まず段取りを踏まねばなるまい」

と、深尾又五郎に命じ、萩江には正式に縁談があることを告げた。

房之助が、栄三郎の調べによって、萩江には別段心に想う相手がいるわけではないと確かめ、勘解由に進言したのである。

十河弥三郎は、萩江を妻に望んだものの、

「いざ会うとなると、どうも照れくそうござる……」

と、純な気持ちをさらけ出していた。

それは萩江も同じで、話を聞くと、

「まずそっとお人柄を拝見しとうございます」

恥じらいを見せた。

一度宴席で顔を合わせたことはあるが、その折には縁談と聞かされていなかったので、戸惑っているようであったという。

もっとも、萩江は女の勘で、永井勘解由が特別な想いを持って、弥三郎への給仕を命じたのではないかと思っていたのだが、まだ気持ちがまとまっていないという意思表示をしておきたかったのであろう。

栄三郎には、未だ自分への遠慮があるのだと受け取られ、それがまた彼の胸を締《し》めつけた。

それでも萩江は言下に断りはしなかったのだ。こんな話は早く済ませてしまいたい。

「それで、十河のお殿様を武芸場に招いて、稽古をなされる様子を、萩江殿がそっと窺い見る、そういう運びになったということだな」

栄三郎は、吐《は》き捨てるように言った。

「さすがは栄三郎だ。察しが早い」

「からかうな。誰でもわかる。このことでいったいおれに何の用があるというのだ。

永井家の剣術指南はお前が務めているのだぞ。おれには関わりのないことだ」

「何ゆえむきになる」

「むきになってなどおらぬ」

「そうかな……」

新兵衛は頰笑みを崩さない。

日頃は、何かと融通が利かずむきになる新兵衛をからかうのは栄三郎の方である
が、この日はまったく逆になっていた。

無二の友ゆえに、つい今の感情をさらけ出してしまっている自分に気付き、栄三郎
は息を整えた。

これでは、萩江の縁談を喜んでおらぬようにとられかねない。

「わかったぞ新兵衛、お前は十河のお殿様をどのように扱えばよいかわからぬのであ
ろう」

立て続けに酒を飲み、ほろ酔いに任せて、逆襲を試みた。

「ふふふ、やはりおぬしには敵《かな》わん」

新兵衛は頭を掻《か》いた。

「さもあろうよ……」

栄三郎は得意げに笑った。

「御用人は、新兵衛にお殿様の剣技を確かめ、引き出してもらいたい、などと申されたようだが、要は萩江殿の前で好いところを見せられるようにしてやってくれ、そういうことなのだろう」

「いかにも……」

「わざと打たせてやったりするのは、新兵衛の何よりも苦手とするところだからな」

「その通りだ」

「武芸場で稽古をするのを、十河のお殿様はどう思われているのだ」

「それは、楽しみになされておいでのようだ」

「腕に覚えがあるのだな」

「神道一心流《しんとういっしんりゅう》を修め、今でも時に木太刀をとっておられるそうだ」

「なるほど、好いところを見せられるとお思いなのだな」

栄三郎は少し皮肉を込めた。

深尾又五郎から聞いたところでは、人品卑《いや》しからず、一本気で大いに好感の持てる人物であるが、十河弥三郎はさらに剣も遣えるらしい。

だが、永井家の剣術指南が悪かった。

派手な仕儀を嫌うゆえに、知る人ぞ知る存在であるが、気楽流・松田新兵衛の腕は、栄三郎の目から見ても神がかっている。

おまけに不器用な人間であるゆえ、わざと一本を取らせてやる技にはすぐれていないから、弥三郎が好いところを見せるのは真に難しい。

まともに立合えば打ち込まれるし、一本決めたとしても、いかにも新兵衛が打たせてやったという感は免《まぬか》れぬであろう。

ひねくれた想いをしたくはないが、萩江に求婚する相手に武芸場で好い恰好されるのはおもしろくない。

その意味では、少しばかり溜飲《りゅういん》が下がる。

「まずよろしくやってくれ。一本の譲り方を新兵衛に教えてやりたいが、こればかりは教えられるものではない。十河のお殿様の腕がなかなか大したもので、手加減なしで立合えることを祈《いの》っているよ」

栄三郎はそう言って、剣友の苦労を労《ねぎら》った。

しかし、何を話したとて胸の支《つか》えは取れぬゆえ、早々に切り上げて店を出たかった。

「まあそう申すな。そこでおぬしに相談があるのだ」

新兵衛は、栄三郎に真顔を向けた。

「おれは、十河様と立合うのは勘弁してもらいたいと御用人にお伝えした」

「なんだ。うまく逃げたのか」

「ああ、こういう立合には、誰よりもすぐれた者がいるゆえ、その者に立合《たちお》うてもらいたいと申し上げた」

「お前も、世渡りが上手《うま》くなったようだな。で、誰に任せるのだ」

「わからぬか。栄三郎、おぬしだよ」

「何だと？」

栄三郎は、今しも口に流し込んだ酒で咽《む》せた。

「ふざけるな。おれは嫌だぞ。おれは剣客として旗本の機嫌を取るような稽古などしたくはない……」

「剣客として？　都合の好い時だけ剣客ぶるのはよせ」

「都合の好い時だけとは何だ」

「栄三郎、もう断れぬぞ。話は勘解由様のお耳にまで届いているのだ……」

永井勘解由は、秋月栄三郎が立合の相手を務めるのなら一段とよい、

「身共《みども》から秋月先生に頼んでみようか」

とまで言っているらしい。

しかし、それには及びませぬと、新兵衛の口から伝えることで落ち着いたのである。

「新兵衛、ひどいではないか……」

これでは断れないと、栄三郎は歯噛みをした。

「栄三郎、おぬしの気持ちはよくわかっているつもりだ。その上で、おれはおぬしに務めてもらいたい、いやおぬしが務めるべきだと思ったのだ」

新兵衛は、目の奥に温かい笑みを浮かべながら、諭《さと》すように言った。

「どういうことだ」

「まず、おぬしは萩江殿の剣の師ではないか」

「それはそうだが……」

「十河様を武芸場へお招きしてはいかがかと言い出したのは、萩江殿だ」

か」

「夫になろうという相手の品定めをするのは、秋月栄三郎こそが相応《ふさわ》しいとは思わぬか」

「萩江殿が……」

栄三郎は沈黙した。

松田新兵衛を堅物と侮《あなど》るなかれ。

彼は秋月栄三郎が、萩江に想いを寄せていると、親友ゆえに察していたのである。

そして、萩江が十河弥三郎を武芸場に招いてもらいたいと申し出たのは、その話を聞いて秋月栄三郎が、自分の前で立合ってくれるのではないか。そんな期待を込めてのことだと受け止めていたのだ。

「四年前であったかな……」

新兵衛は、栄三郎の沈黙の意味を解しつつ、話を続けた。

「雨の日に、おぬしは二人の男を斬《き》った」

栄三郎は神妙に頷いた。

斬ったのは森岡清三郎と、日子の権助。

萩江を脅し、金を吸い上げた悪党であった。

新兵衛は栄三郎の殺気を捉え、心配になって跡《あと》をつけてみると、二人を闇《やみ》に葬る栄三郎の姿を認めた。

栄三郎は、いざとなれば自分を守ろうとしてくれた新兵衛に気付いていた。

そして、萩江に後難なきよう、二人の口を塞《ふさ》いだことを、新兵衛だけには打ち明けたのである。

「その時は気付かずにいたが。おれも永井様の出稽古を務めるようになって、栄三郎、おぬしと萩江殿はただ取次の仕事で出合っただけの間柄ではないと思えてきたのだ」

「ふふふ、新兵衛、お前もそういう勘繰《かんぐ》りをするようになったのか」

栄三郎は否《いな》とは言わなかった。新兵衛になら打ち明けられる。その想いが栄三郎の体を軽くした。

「他人のことはどうでもよいが、栄三郎のことは気になる」

「それはありがたい」

「おぬしと萩江殿との間に、昔どのような関わりがあったか、そんなことはどうでもよい。だが白状しろ。おぬしは萩江殿に惚れていよう」

新兵衛の表情は真剣そのものである。

栄三郎は大きく頷いて、

「ああ、惚れている」

はっきりと応えた。今まで誰にも告げなかった萩江への想いを初めて口にした。すると、何やら力が湧いてきて、気持ちがすっきりとしてきた。

「ついに申したな」

「ああ、言った」

「ならばこ度の萩江殿の縁談、どう思うているのだ」

「どう思う？　おれがどう思うたとて詮《せん》なきことだ。萩江殿が幸せになるのなら、おれはそれを祝《いお》うてさしあげたい」

「左様か、さすがは栄三郎だ」

「おれにできることはそれだけだ」

「ならば、萩江殿のためにも十河様との立合はおぬしが務めろ。これは岸裏道場としての決め事だと思うてくれ」

「わかった。引き受けよう」

「十河様がお越しになるのは十日の後だ。栄三郎、それまでの間、稽古をしに来るがよい。技を引き出してさしあげるのも、なかなか骨が折れる。師範の余裕を持って立合えるよう、しっかりと体を整えておけよ」

新兵衛は、有無《うむ》を言わさぬ口調で告げた。

「どうぞよしなに……」

栄三郎は威儀を正した。

心にぽっかりと空いた穴を埋めるのは、酒や馬鹿話ではない。若き日は修行を積み、体に染み込んだ剣術の稽古こそが相応しい。

翌日から栄三郎は、手習い師匠を務める以外の時間を、すべて岸裏道場での稽古に費《つい》やした。

「何じゃ、栄三郎め、今頃になって剣に目覚めよったか。それにしても、あ奴め、これほどまでに強かったかのう……」

岸裏伝兵衛は、久し振りに愛弟子《まなでし》に稽古をつけてやりながら、師範代の松田新兵衛にぽつりと言ったものだ。

六

永井勘解由邸の武芸場に、十河弥三郎が現れたのは夏を間近に控《ひか》えた、快晴の日の朝であった。

見所《けんじょ》には勘解由、婿養子の房之助、用人・深尾又五郎達が座した。

武芸場のことであるから、永井家の婦人達は、見所に連《つら》なる御簾《みす》の内からそっと稽古を見る運びとなった。

もちろん、その中心には萩江の姿があった。

膝隠《ひざかく》しの低い板壁と、下ろされた御簾との間には僅かな隙間があり、稽古場からはちらりと萩江の姿が窺い見れた。

稽古場には、見所に近い両端に畳が一枚ずつ敷かれ、一方に弥三郎、もう一方に秋月栄三郎が陣取っている。

稽古場の壁際には、椎名貴三郎《きさぶろう》を始めとする永井家の家臣達が稽古着姿で控えていた。

剣術指南役の松田新兵衛は、見所の端で武芸場の内を見廻していたが、頃やよしと一礼して、

「剣術指南を仰せつかっておりまする、松田新兵衛にござりまする。まずは方々打ち揃い、型稽古にて体をほぐし、それより後に立合稽古といたしとうござりまする。十河様におかれましては、我が相弟子で気楽流剣術師範・秋月栄三郎がお相手仕《つかまつ》りまする」

よく通る太い声で述べた。

弥三郎は栄三郎に会釈《えしやく》して、

「お噂は伺《うこご》うておりまするぞ。まず楽しゅう立合いたいものでござる」

親しげに言った。

「甚《はなは》だつたなき剣ではございまするが、精一杯、お相手を務めさせていただきまする……」

栄三郎は恭《うやうや》しく応えた。

新兵衛の顔が一瞬綻《ほころ》んだ。

岸裏道場において、時折ふらりと現れる秋月栄三郎を、

「あの御方はどのような先生なのでございまするか」

などと訊ねる若い門人がいれば、

「栄三郎は、ふざけたことばかりをしでかす男だが、ここ一番、死にもの狂いで剣を揮《ふる》える男だ。その時のあ奴は真に強い。あれで誰よりも剣の勘はよく、厳しい稽古もこなしてきたゆえにな」

と応えている新兵衛である。

今日の栄三郎の姿に、その真骨頂《しんこっちょう》を見た気がしたのである。

この日が来るまでの間、栄三郎は岸裏道場に通い、歳を感じさせない立合の冴《さ》えを見せていた。

栄三郎くらいの剣客になれば、五、六日で上級者相手に立合をする感覚を戻せる。

それはわかっている新兵衛であったが、このところは、

「おれも四十になろうという歳なんだぞ、足腰立たなくなったらどうするんだ……」

などと言って、まともに稽古をしてこなかった栄三郎が、まったく充実した仕上がりを見せているのが何よりも嬉しかった。

――栄三郎め、何か理由がなければ稽古ができぬのか。

萩江の前では、不様《ぶざま》な姿は見せたくないという栄三郎の心がわかるだけに、おかしみが込み上げてきて仕方なかったのである。

そして新兵衛以上に栄三郎の姿に感じ入っていたのは萩江であった。

御簾の隙間から見える想い人は、今までにない凛々《りり》しさを醸《かも》していた。

栄三郎が弥三郎の立合の相手を務めてくれることを萩江は望んでいた。

すると、その願い通りに、松田新兵衛からこの日の稽古を聞いた栄三郎が、名乗りをあげてくれたことは、萩江の心を揺さぶった。

――今日はどのような立合を見せてくださるのでしょう。

楽しみで昨夜は眠れなかったほどだ。

やがて、武芸場では松田新兵衛の号令の下、剣士達の型稽古が始まった。

まず、新兵衛が手を見せ、続いて剣士一同がそれを繰《く》り返す。

十河弥三郎は、神道一心流で流派は違えど予《あらかじ》め新兵衛が演武する型を予習してきたといい、新兵衛が揮う木太刀と寸分違《たが》わずしてのけた。

「お見事でござりまする。ならば、神道一心流の型を御披露願いまする……」

新兵衛に請われて、次は弥三郎が印可を得たという型を演武して見せる。

太刀筋に乱れはない。

日頃、稽古を欠かさぬ弥三郎の姿勢が、その型に顕《あらわ》れていた。

そのうちに弥三郎の体もほぐれてきた。

見所の勘解由も目を細めている。

弥三郎の勇姿には、彼の亡父・十河修理の姿を彷彿《ほうふつ》とさせるものがあったのだ。

その上に、どちらかというと剣に執着がなく、飄々たる趣きを覚えていた秋月栄三郎が、松田新兵衛に劣《おと》らぬ鋭い太刀捌《さば》きを披露していることに大きな満足を覚えていた。

それは深尾又五郎も同じで、

「立合となれば、栄三殿につられて、十河様も動きに切れ味を増されることでござりましょう」

と、房之助に耳打ちをしていた。

先ほども拵え場で、

「まあひとつ、よしなに立合うてくだされい」

又五郎は、栄三郎に伝えていた。その言葉の内には、適当に花を持たせてさしあげてくだされ……。そんな意味合いを多分に含ませてあった。

又五郎は、世馴れた栄三郎の気性はよく知っているつもりであるから、すっかりと安心していたのだ。

房之助も又五郎も、萩江には女の幸せを摑んでもらいたかった。

だがその想いが強過ぎて、萩江の本心を覗《のぞ》き見る余裕を失っていたといえる。

「ではこれより立合を始めたいと存ずる。先立ちまして、十河様よろしくお願い申しまする」

新兵衛がいよいよ声をあげた。

栄三郎と弥三郎が防具を着け、稽古場の中央へと出て、勘解由に一礼をした。

栄三郎は弥三郎と対峙《たいじ》したが、その際、御簾の向こうに萩江の顔を見た。

弥三郎にではなく、祈るような自分に向けられている容《かんばせ》を――。絹《きぬ》の小袖《こそで》を着ていても、心は一夜を馴染んだあの時のままだと言いたいのであろうか。

ふと浮かんだ想いを打ち消して、栄三郎は防具の面の内から会釈を返し、竹刀《しない》を構えた。

「ええいッ！」

裂帛《れっぱく》の気合が武芸場に響いた。

それは栄三郎が発する掛け声であった。

「それそれ！」

つられて弥三郎も声を返す。

だが、その声音《こわね》は落ち着き払っているものの、迫力は栄三郎に及ばない。

弥三郎は気合が乗らなかった。

相対し、平青眼《せいがん》に構えたものの、栄三郎の構えはゆったりとしていて隙がなく、竹刀を握る手の内は実に柔らかなのだ。

牽制《けんせい》に竹刀を払ってみても、栄三郎の竹刀は、彼の両手の中で浮かぶように躍動し、剣先は弥三郎の左目にぴたりと向けられているのだが、時に縦横無尽《じゅうおうむじん》の打突を見せた。

「やあッ！」

劣勢を挽回《ばんかい》しようと、弥三郎も前へ出た。

上下に技を打ち分け栄三郎の構えを崩そうとするが、栄三郎は軽くあしらって、再び左目つけに竹刀を構える。一挙一動に師範の風格が漂っていた。

弥三郎は動揺した。剣を遣えるので尚さら栄三郎の強さが身に沁《し》みてわかるのだ。

――殿様の剣か。

弥三郎は己《おのれ》を恥じた。立合は真剣勝負であり、武芸場の内で身分の違いはなかった。

いつしか弥三郎は、殿様ゆえに気遣われた稽古に馴れてしまっている自分に気付いたのである。

それを教えるかのように、栄三郎の剣は、やさしく包み込み、かつ厳しき一本を弥三郎から奪っていた。

面、小手、胴、栄三郎はおもしろいように弥三郎に技を決めていった。

――御用人、許してくだされ。

栄三郎は心の内で詫《わ》びていた。

うまく十河弥三郎の剣技を引き出し、その姿を萩江に見せる。

栄三郎なら出来るであろうと買われて立合の相手を務めたのだが、岸裏道場で稽古に励むうちに、栄三郎は気が変わった。

いや、新兵衛にこの役目を振られた時から、栄三郎は今日の立合に、自分の剣のすべてを注ぐつもりでいたのだ。

萩江を奪っていく男の引き立て役に回るのは、いかな取次屋の看板を掲《かか》げる栄三郎であったとて御免蒙《ごめんこうむ》りたかった。

武士に憧れて野鍛冶の倅が剣を学んだ。その挙句に武士にはなり切れず、武士と町人の間に生きる栄三郎であったが、剣術だけはその辺りの武士よりも余ほど極めてきた自負があった。

萩江を妻に望む男ならばこそ、武士の嗜《たしな》みとはいえ、生半《なまなか》な覚悟では剣術など身につかぬということを教えて差し上げよう。

相手が千石取りの旗本なら痛快である。

あの日、品川洲崎の妓楼で出会い、激しく心惹かれたというのに萩江に会いには行かなかった。

それは、行けば何もかも捨てて女にのめり込む自分が恐《こわ》かったからであった。その、捨てたくなかった何よりのものが、剣客としての自分であった。

武士に失望したとて、剣術界に背を向けたとて、剣客として生きていけるはずだ。

その応えを求めて、もがきながらここまできたのだ。

――萩江殿……。いや、おはつ、これがおれが大事にしてきた剣なのだ。ようく見てくれ！

栄三郎の体が躍動した。

「えいッ！」

さすがにこのまま終れぬ弥三郎も、荒々しく手練《てだれ》の突きを繰り出した。

「とうッ！」

栄三郎は元より技の勘がよかった。見事に手首を返して、弥三郎の突きを摺上《すりあ》げると、そのまま押し切るように、弥三郎の面を打った。

真剣ならば体は真っ二つの技に、武芸場はどよめいた。

完膚《かんぷ》なきまでに叩きのめした栄三郎の立合には、露《つゆ》ほどの傲りが見受けられず、正しく痛快であった。

「見事じゃ！」

勘解由は見所で思わず膝を打った。

その傍で、深尾又五郎、永井房之助の青ざめた表情に、安堵の色が表れた。

「さらに一本参りましょう」

栄三郎は、弥三郎に声をかけると再び構え直した。

弥三郎は、もう無心に打つしかなかった。

「やあッ！」

と、飛び込んだ面が、見事に栄三郎の面を捉えていた。

栄三郎はその刹那《せつな》、にこやかに頷いた。

一本を譲ったのは明らかであるが、これは仕合ではない。好い面を頂きましたという栄三郎の立居振舞は爽《さわ》やかで、真に頰笑ましい。

「これまでといたしましょう」

松田新兵衛が立合を止めた。

まったく好いところのなかった弥三郎であったが、

「真に心地のよい立合でござった。身共の拙《つたな》き剣にて、相手のし甲斐もなかったと存ずる。平に御容赦《ごようしゃ》願いたい」

思い入れたっぷりに栄三郎に一礼をしたものだ。

栄三郎は畏《かしこ》まってその場から退《さ》がり、

「十河様がお強いゆえ、某も死にもの狂いとなりましてござる。真に忝うござります
る」

深々と座礼をした。

――栄三郎め、やりよるわ。

新兵衛の目に涙が浮かんだ。

今日は剣友の真の実力を確かめたかった。

己が剣によって愛《いと》しき女に想いを告げる。

新兵衛は栄三郎にそうあってもらいたかったのだ。

御簾内の萩江はというと、意外や涙もなく、浮き立った様子で、稽古場を見つめて
いた。

萩江は今、永井家当主・勘解由からも、弟・房之助からも叱責《しっせき》覚悟でいた。

初めから十河弥三郎に嫁ぐ気などなかったのであるから。

萩江は女として、してはならないことをしてしまった。男の心を試すということで
ある。

自分に縁談が起こったのにも拘《かかわ》らず、秋月栄三郎は黙って引き下がろうとした。

それが自分のためだと思っているのかもしれないが、男なら少しはうろたえて、何

とか思い止《とど》まらせようと何故しないのか――。

萩江はそれゆえ、十河弥三郎と会うと言った。そして、いきなり会うのも恥ずかしいので、武芸場にお招きしてもらいたいと申し出た。

これに秋月栄三郎がどのような反応を示すか見てみたかったからだ。それによって、十河弥三郎がいかに胸を痛めても、それはただ詫びて済ませてしまおうと思ったのだ。

今まで家のために尽くし、弟のために苦界に沈み、そこで破落戸に出合い強請《ゆす》りを受けた。

一度くらい男を酷《ひど》い目に遭わせても、神仏は許してくれるだろう。ましてや相手は千石取りの御旗本である。自分と一緒になったとて、決して好い妻を得たことにもならないであろう。

また、自分がこの縁談を断ったとて、今さら房之助が廃嫡《はいちゃく》になるわけでもあるまい。

これくらいの我《わ》が儘《まま》を人生に一度くらいしてもよいではないか。

秋月栄三郎は果して自分への想いを立合で伝えてくれた。

この先、たとえば栄三郎が町で妻を得たとしてもよい。萩江は今日の思い出だけで生きていけるのだ。

やがて、全体での立合稽古が始まった。

永井家の家中の者達が、松田新兵衛、十河弥三郎、そして秋月栄三郎に次々と稽古をつけてもらおうと、立合を望んだ。

依然として栄三郎の剣は冴えを見せる。

萩江は、自分に放たれている恋しい男の輝きを体いっぱいに受け止めて、その勇姿をしっかりと目に焼きつけていた。

七

「旦那、もう岸裏先生のところには、稽古をしに行かねえんですかい」

手習いが済んで、のんびりと寝転んで天井を見つめる栄三郎を見て、又平が言った。

「ああ、永井様のお屋敷での大役も果したからな」

栄三郎は欠伸《あくび》を嚙み殺した。

「それを聞いて、ほっとしましたよ」

「何がだい」

「いえ、旦那が剣術一筋になっちまうんじゃあねえかと……。まあ、結構なことなんでしょうがね」

「馬鹿を言え。だがな、まだまだおれの腕も捨てたもんじゃあねえぞ。お前に見せてやりたかったよ」

永井邸の武芸場で、十河弥三郎の相手を務めた後、弥三郎は己が不心得を恥じた。

「まず楽しゅう立合いたいものでござる」

などと栄三郎に声をかけたことが考え違いも甚だしかったと猛省をしたのだ。

それは即《すなわ》ち、殿様の相手をする剣客に、接待立合を求めたのに等しい。永井家の神聖なる武芸場で、武門の意地をかけ全力でかからねばならぬところを、実に軽い気持ちで稽古場に臨《のぞ》んだのは、永井家に対して、秋月栄三郎に対しての無礼であった。

そのような心がけゆえに、軽くあしらわれてしまったのだ。

「これでは、萩江殿に合わす顔もございませぬ」

と、弥三郎は勘解由に謝して、そそくさと永井家を辞したのである。

そして勘解由はこれを引き止めなかった。

「彼《か》の者は好い男なのだが、何事もほどがよすぎるのがおもしろうない。萩江が真に欲しいのならば、死にもの狂いで武芸場に乗り込まずに何とする。じゃが、これで一皮むけるであろう」

と言って、萩江との縁談はまるでなくなったかのような口振りで、酒宴に栄三郎を招き、

「真に天晴《あっぱれ》な立合であった。萩江は奥向きでの武芸指南を生き甲斐にしているようじゃ。この後もよしなに」

ニヤリと笑って労ったのである。

これには同席した房之助、深尾用人も苦笑いで、早急にことを運ぼうとしたのは誤りであった、と栄三郎に妙な注文をつけた非礼を目で詫びたのである。

栄三郎は立合を終えて夢から覚めた心地となり、ただ恐縮の体《てい》を見せたが、勘解由は萩江の想いと栄三郎の本心を見抜いているのではないか――、ふとそれが恐ろしくなった。

栄三郎と萩江の秘めた想いが、少しずつ外に漏《も》れていく。そんな気配が漂い始めていた。

しかし、萩江との武芸場でのひと時はこれからも続く。それは確かだ。

嬉しいような切ないような――。

頭を駆け巡《めぐ》る想いを収めようと、栄三郎はぼんやりと天井を見つめる。

「そんなことより旦那、駒吉の奴はどうにかならねえんですかねえ。まあ、前に比べるとおくみさんに手前《てめえ》から会いに行くようになりましたが、やっぱりじれってえったらありゃしねえ。へへへ、それで近頃じゃあおくみさんの方が痺《しび》れを切らしちまって、長屋に乗り込む始末でさあ。まったくだらしがありやせんよ」

横で手習いの文机《ふづくえ》を片付けながら、又平が駒吉とおくみの、ゆったりとした恋路を物語る。

萩江も痺れを切らしたのだろうか――。

駒吉以上に、じれったくてだらしのないのは自分の方だ。

――忍ぶれど色に出《い》でにけりわが恋は……、か。

この先を憂《うれ》う栄三郎の横で、又平は相変わらず好い調子で、駒吉とおくみの恋の成り行きを語り続けていた。

喧嘩屋

一〇〇字書評

切・り・取・り・線

購買動機（新聞、雑誌名を記入するか、あるいは○をつけてください）	
□（　　　　　　　　）の広告を見て	
□（　　　　　　　　）の書評を見て	
□ 知人のすすめで	□ タイトルに惹かれて
□ カバーが良かったから	□ 内容が面白そうだから
□ 好きな作家だから	□ 好きな分野の本だから

・最近、最も感銘を受けた作品名をお書き下さい

・あなたのお好きな作家名をお書き下さい

・その他、ご要望がありましたらお書き下さい

住所	〒				
氏名		職業		年齢	
Eメール	※携帯には配信できません	新刊情報等のメール配信を 希望する・しない			

この本の感想を、編集部までお寄せいただけたらありがたく存じます。今後の企画の参考にさせていただきます。Eメールでも結構です。

いただいた「一〇〇字書評」は、新聞・雑誌等に紹介させていただくことがあります。その場合はお礼として特製図書カードを差し上げます。

前ページの原稿用紙に書評をお書きの上、切り取り、左記までお送り下さい。宛先の住所は不要です。

なお、ご記入いただいたお名前、ご住所等は、書評紹介の事前了解、謝礼のお届けのためだけに利用し、そのほかの目的のために利用することはありません。

〒一〇一‐八七〇一
祥伝社文庫編集長 坂口芳和
電話 〇三（三二六五）二〇八〇

祥伝社ホームページの「ブックレビュー」からも、書き込めます。

http://www.shodensha.co.jp/bookreview/

祥伝社文庫

喧嘩屋《けんかや》　取次屋栄三《とりつぎやえいざ》

平成28年7月20日　初版第1刷発行

著　者　岡本《おかもと》さとる

発行者　辻　浩明

発行所　祥伝社《しょうでんしゃ》

東京都千代田区神田神保町3-3
〒101-8701
電話　03（3265）2081（販売部）
電話　03（3265）2080（編集部）
電話　03（3265）3622（業務部）
http://www.shodensha.co.jp/

印刷所　錦明印刷

製本所　積信堂

カバーフォーマットデザイン　中原達治

Printed in Japan ©2016, Satoru Okamoto　ISBN978-4-396-34231-9 C0193

祥伝社文庫　今月の新刊

江上　剛
庶務行員　多加賀《たかが》主水《もんど》が許さない

唯野未歩子
はじめてだらけの夏休み
大人になりたいぼくと、子どもでいたいお父さん

垣谷美雨
子育てはもう卒業します

谷村志穂
千年鈴虫

加藤千恵
いつか終わる曲

立川談四楼
ファイティング寿限無《じゅげむ》

西村京太郎
狙われた男
秋葉京介探偵事務所

菊地秀行
妖婚宮《ようこんきゅう》
魔界都市ブルース

南　英男
刑事稼業　弔《とむら》い捜査

岡本さとる
喧嘩屋《けんかや》
取次屋栄三

藤井邦夫
隙間風《すきまかぜ》
素浪人稼業

辻堂魁
冬の風鈴
日暮し同心始末帖

仁木英之
くるすの残光　天の庭

佐伯泰英
完本　密命　巻之十四　遠謀　血の絆